最強の生産王は
何がなんでもほのぼのしたいっっっ！

4

著 Erily
（えりりー）

ill. くろでこ

エイシャル
不遇職「生産者」を
与えられた本作の主人公。
辺境に飛ばされたが、
覚醒した能力で
ほのぼのライフを目指す。
シルビア
優しく穏やか(?)な
お姉さん。
知らない人には
ツンツンしがち。
CHARACTERS
登場人物紹介

ゲオ
SSSランクパーティ
『牙狼』のリーダー。
切れ者でイケメン。
フレイディア
氷竜が人化した
物静かな女の子。
怒ると
めちゃくちゃ怖い。
アンドラ
世間を賑わす
正義の味方(?)
ある目的のために、
エイシャルに近づく。
ビビアン
天真爛漫な
女の子で
みんなのアイドル。
算数が
ちょっぴり苦手。
クレオ
オレ様口調の
男の子。
ビビアンとは
喧嘩ばかりだが、
実は仲良し。

第一章　夏の始まり

俺――エイシャルは屋敷がある辺境からそう遠くない街、セントルルアを襲《おそ》った第三魔王軍との戦いに勝利し、ほのぼのとした日々を取り戻していた。

早速俺はいつものように、みんなの一日の予定を書き記したスケジュールボードをリビングにかける。

今日はいつもスケジュールボードには書かない別行動のギルド組――依頼をこなして報酬《ほうしゅう》を稼《かせ》いでくるメンバーも借り出して、セントルルアの復興の手伝いに向かう事になっている。

大工仕事は無口な青年ロードとギャンブル好きなシャオしかできないが、瓦礫《がれき》の撤去《てっきょ》や怪我人の手当てなどは他のやつにもできるはずだ。

セントルルアも気になるが、まずは敷地の畑に足を向けた。

昨日ステータスを見ると、『栽培』のレベル14が解放されていたのだ。『生産者』という不遇な職業を得たはずの俺だったが、能力が覚醒《かくせい》してからはスキルでほぼなんでも生み出せるようになっている。

畑に着くと、地面に手を当ててスキルを発動する。

すると……アスパラガスができた！

アスパラかぁ。シャオが好きだって言っていたような気がする。

俺は収穫したアスパラを屋敷の家事を担当する女性陣――シルビア達に持っていった。

その後、俺はすぐに馬に乗ってセントルルアに向かった。


セントルルアでは、第三魔王軍の残した爪痕《つめあと》を街の人々が力を合わせて修復していた。

早速俺も軍手をはめて瓦礫の撤去などを積極的に手伝う。

特に甚大《じんだい》な被害があった時計塔の修復には二十人ほどの大工が取りかかっているようだ。

魔竜《まりゅう》の攻撃によって大破した建物や、半壊《はんかい》の建物もちらほらあり、第三魔王軍との戦いの激しさが見てとれる。

俺は二時間ほど作業すると、水分補給のため行きつけのお店ケル・カフェに入った。オレンジジュースを注文して伸びをしていると、SSSランクパーティ『牙狼《がろう》』のリーダーのゲオが現れた。

「よっ、ゲオ！」

俺が声をかけると、相変わらず低いテンションの返事が来る。

「エイシャル……お前も街の修復を手伝いに来ていたのか……」

「あぁ、困った時はお互い様だからな……というか、俺達の戦いで壊れたところも多いし」

「そうか……だが、あまりのんびりしていられない。いよいよ第二魔王軍が動き始めるぞ」

ゲオが難しい顔でそう言った。

「第二魔王軍って、ハイエルフが指揮を取っているんだっけ？」

「あぁ……魔族の中でもとりわけ強いのがハイエルフだからな……闇落《やみお》ちパーティの連鎖もまだまだ止まりそうにないしな」

ゲオがまたもや神妙な顔つきで言う。ちなみに闇落ちパーティとは、魔王軍の手に落ちたパーティの事で、最近は急増しているらしい。

「まぁ、しばらくは様子見だな。ハイエルフ率いる第二魔王軍が本格的に侵攻してきたら迎え撃つけどさ」

「ふん、呑気《のんき》な事だな。ところで……牙狼団でサミルの街に訓練所を作った。みんな、そこで腕を磨《みが》いている。どうだ？　エイシャル、お前らもたまには参加しないか？」

オレンジジュースを飲み干した俺に、ゲオがそんな提案をしてきた。

「ふぅん。まぁ、考えとくよ」

そう答えると、ゲオは頷《うなず》いて奥の席に消えていった。

そのタイミングで、ジライアやニーナ達が俺と同じく涼《すず》みにやってきた。

「おっ、エイシャル様も来ていたんですね」

手を挙げて言うジライアに、同じように手を挙げて答える。

「あぁ、俺でも瓦礫の撤去くらいはできると思ってね。みんなお疲れ様」

それから三十分ほど涼んで、また一時間ほど作業してから俺達は辺境の屋敷に帰った。


帰宅後、サッとシャワーを浴びて、食卓についた。

今日の晩御飯は、アスパラの肉巻き、アスパラとベーコンのさっぱりパスタ、アスパラの春巻きカレー風味、アスパラのクリームスープだった。

アスパラが大好物のシャオは喜んで食べたし、アスパラは新鮮で柔らかくほんのり甘くて美味しかったが……それにしてもアスパラ三昧《ざんまい》だな。

そんな事を思っていると、サクが口を開いた。

「しかし、セントルルアは復興に三ヵ月くらいはかかるかもしれませんね」

「そうだな。今日みたいに全員は無理だけど、ローテーションで復興支援に行ってもらうと思う」

俺はみんなを見渡しながらそう言った。

「セントルルアにはお世話になってるからな。みんなで協力しようぜ！」

ギルド組のリーダー、アイシスが拳《こぶし》を上げてみんなもそれに賛同した。

そうしてその夜も更《ふ》けていったのだった。

◇　◇　◇

その日は久しぶりの休みであり、しかも二連休だった。

みんな出かけるのかと思いきや、全員がリビングでゴロゴロしている。

「なんだよ、外に出ないのか？」

俺が尋《たず》ねると、給料日前の休みは金がない、との事だった。

全くしょうがないやつらだな……

「じゃあさ、みんなで沖釣《おきづ》りに行かないか？」

「マジかよ？　行く行く！」

「お船に乗れる～！」

アイシスが勢いよく手を挙げて言い、オレンジ髪の元気少女ビビアンがリビングを駆け回る。

「確か、使ってない竿《さお》が十本くらいあったはず……」

物置き部屋に行って確認してみると……あった、あった！

救命着も二着あったので、ビビアンと彼女の一つ年下の少年クレオにそれぞれ着せる事に。

溶岩竜《ようがんりゅう》のヘスティアと氷竜《ひょうりゅう》のフレイディアは屋敷に残ると言い、ルイスとマルクも興味がないそうなので、残りのメンバーで沖釣りに出発した。


近くの海岸まで歩いていき、船に一人ずつ乗り込む。

「みんな、落ちるなよ！　しっかり船に掴《つか》まってるんだぞ！」

俺は声を張り上げて言い、船を発進させ、少し沖に出たところで止める。

「ビビアンとクレオは大人についてもらう事。いいな？　海は危険だから、はしゃぎすぎるなよ？」

「「はーい！」」

二人は元気よく返事をする。

そうして、釣りが始まった。

ジライアはなぜかイカばかりを釣っていて、ロードはタコに好かれているようだ。

アイシスは以前と同じようにアジばかりを釣っている。

俺は指導する係なので竿は持たず、みんなを見て回る。

ネレが大きなカツオを釣り上げて、歓声が上がった。

「釣れた」

いつも表情に出にくいネレだが、今は少し嬉《うれ》しそうにボソッとそう言った。

リリーもタチウオを釣っており、女性陣も健闘しているようだった。

そんなこんなで沖釣りは無事に終わり、みんなそれぞれ釣った魚を大事に持って帰った。

「せっかくだから、海鮮バーベキューでもしようか」

俺が提案すると、みんなが手を挙げて賛成した。

そして、日が落ちかけた頃、もろもろ準備を終えて海鮮バーベキューが始まった。

家に残っていたフレイディアやヘスティア、ルイスやマルクも参加している。

「このマダイ、私が釣ったのよ！」

「へぇー、シルビアさん凄いですねぇ」

シルビアが自慢げに言うと、ルイスが感心していた。

魚はホイルで焼く事にした。すぐに食べるとなると、骨を取る作業は面倒だからだ。

そんなこんなで海鮮バーベキューは海の幸をたらふく食べて、大盛況に終わった。

◇　◇　◇

二連休も終わり、その日も一日が始まった。

みんなが仕事に向かったのを確認すると、俺はとりあえず敷地に出た。

牧場ではルイスとマルクが一緒になって、魔法プールをふくらませ、牛や羊や山羊《やぎ》、豚をプールに入れていた。

「気持ち良さそうだな、動物達も」

俺は二人に声をかける。

「はい、最高っすよ！」

マルクが動物に水をかけながらそう答えた。

敷地は特に問題なさそうだったので、俺はセントルルアに向かった。


セントルルアに着くと、街の人々は日常を取り戻しつつあった。

もちろん戦いの爪痕は大きいが、人々には笑顔が溢《あふ》れている。

俺は時計塔に登り、最上階の修復にあたっているロードとシャオに声をかけた。

「エイシャルか……」

ロードが時計塔の屋根から下りてきて言う。

「お疲れ、ロード。どうだ？　修復できそうか？」

「まぁな……だけど、木材が足りない……」

「そうか……アイシス達に相談してみるよ」

時計塔から下り、今度は道路の補修を担当するアイシスとジライアの元に向かった。

「えぇ？　木材？　無理無理、こっちだって人が足りてないんだからさ。そこまで手が回らないぜ！」

アイシスは作業しながら言う。

「仕方ない。じゃあ俺が、ビッケルとラボルドと一緒に裏山から木材を持ってくるよ」

俺は辺境に引き返して、裏山で木材を準備し、アースドラゴンのモグの背中にくくりつける。そして再びセントルルアに飛んだ。

こうしたみんなの努力があり、少しずつ少しずつ、セントルルアは復興している。

屋敷に帰ってシャワーを浴びると、すぐに夕食の時間になった。

今日のメニューは、タコライスにアスパラの塩炒め、カボチャのサラダ、オクラと梅の冷製スープだ。

「そういえば、牙狼団がサミルの街で訓練してるらしいぞ。俺も誘われたんだけど、行きたいやついる？」

俺がタコライスをかき込みながら尋ねると、サシャとアイシスとダリアが興味ありげだ。

「へぇ、面白そうね」

「腕試しにはいいかもな」

「いいわねぇ」

「じゃ、明日は三人と俺で、サミルの街に行ってみよう」

俺はそう言って、お茶を飲んで一息ついた。

「そういえば、アイスタシンの街でクイズ大会があるらしいですよ」

サクが話題を変えた。

「へぇ、クイズ大会か。面白そうだな」

連休があったとはいえ、いつもはみんな働き詰めだし、息抜きも必要な気がする。

「よし、じゃあ、その日はクイズ大会に行こう！」

その場で決めると、みんなから歓声が上がった。

賑《にぎ》やかな夕食も終わり、それぞれ本を読んだり、音楽を聞いたりと、ゆったりした時間を過ごした。

「明日は私の強さを見せつけるわよぉ！」

ダリアは牙狼団の訓練を控《ひか》え、張り切っている。

「あんまり力を出しすぎるなよ？　サミルの街まで破壊されたらかなわないからな……」

「手加減はしますよ、エイシャル様」

俺が心配していると、ジライアがごつい腕を振り回して言った。

余計不安になってきた……

◇　◇　◇

次の日、スケジュールボードをかけてから牙狼団の訓練所を訪れた。

訓練場には軍事用テントが張り巡らされている。

「よぉ、来たかエイシャル」

ゲオが俺達を見つけて声をかけてきた。

「おぅ。やってんなぁ」

「なら早速、俺とエイシャルであいつらに見本を見せよう……」

ゲオはそう言って長剣を引き抜く。

「えっ？」

俺は二歩三歩と、あと退《ずさ》りする。

ゲオの職業『スキルコピー師』と俺の『生産者』じゃ勝負は見えているだろ！

心の中でそう思ったが、ゲオはやる気だ。

「行くぞ……！」

「いや、待て、俺は……」

「『牙狼剣・一の舞』」

ゲオは華麗《かれい》な技を繰り出してくる。

えぇーい、くそ！

「『死子舞《ししまい》』！」

俺は新たに覚えた技で応戦する。

剣を打ち合い、互角の攻防が続く。

しかし、そのうち俺は体力が切れて、喉元《のどもと》に剣を突きつけられた。

「おぉー！　ゲオ様！」

「さすが、我らが団長！」

模擬戦を見ていた団員から、拍手喝采《はくしゅかっさい》が起きた。

「なーにやってんの、エイシャル！　情けないわ！」

「し、仕方ないだろ！　俺はそもそも戦闘向きの職業じゃ……」

サシャに言われながら、俺はその場にへたり込んだ。

確かに情けない。

その後、アイシス、サシャ、ダリアは指導係として牙狼団の訓練所で剣や弓を披露《ひろう》した。

特に、ダリアの鎌使《かまづか》いは神がかっていると人気だった。

ゲオも訓練所を回っている。

対して、第一印象が最悪だった俺はみんなに避けられていく。

ふ、ふん！　俺は『生産者』なんだから、そもそも戦いなんて専門外なんだよ。

べ、別に虚《むな》しくなんかねーよ。

俺は虚勢を張りつつ、一人で地面に絵を描いていた。

そんなこんなで昼になり、近くの食堂から弁当が振る舞われた。

「アイシス達はさすがの強さだな……エイシャル、お前『生産者』といえど、鍛錬《たんれん》は必要だぞ……

まだ、第一魔王軍や第零《ゼロ》魔王軍との戦いが残っているんだからな……」

ゲオは弁当を食いながらそう言うが、俺は超投げやりに答える。

「別に俺が直々《じきじき》に戦わなくてもいいじゃんか。お前とかアイシスに任せるよ」

「指揮は必要だ。制王《せいおう》組の指揮はお前にしかできない。だから、ある程度の強さは必要なんだよ」

制王……か。忘れられがちだが、俺は各国の王様に認められ、このアルガス大陸を統《す》べる位――

制王についている。それで、俺のパーティメンバーは制王組と呼ばれているわけだが……

「うーん、わかったよ……俺もたまにはダンジョンに出るか」

そんな話をして、午後も訓練した後、俺達はサミルの牙狼団の訓練場をあとにした。


「いやぁ、楽しかったぜ！　可愛い子も多かったし」

「アイシスはそれだけじゃん！」

サシャが鋭く突っ込む。

「でも、いい運動になったわぁ」

ダリアも満足そうに言った。

辺境の屋敷に帰ると、ちょうど同じタイミングで帰ってきたギルド組とばったり会った。

「どうだったの、訓練場は？」

ネレが尋ねてきた。

「もちろん、俺達が活躍しまくって拍手喝采を浴びたよ」

俺がそう答えると、アイシス達はおかしそうに笑う。

「エイシャル、ゲオにコテンパンにやられちゃったのよぉ！」

ダリアが暴露《ばくろ》してみんなは大笑いだ。俺はさっさと屋敷に入った。

ふ、ふん！　もう、アイツらに強い武器作ってやんねー！

腹を立ててそんな幼稚《ようち》な事を考えていると、セントルルアに行っていたシャオとロードも帰ってきた。

気持ちを切り替えて夕食を食べながら、クイズ大会についてみんなと話し、出場するメンバーをサクとシャオとルイスに決めた。

◇◇◇

その日、アイスタシンの街でクイズ大会が開催された。

街はクエスチョンマークの風船で飾りつけられ、中央のステージには一際大きな風船が置かれている。

俺達はジャンケン屋台やあみだくじ露店でしばらく遊んだ。クイズと全く関係ないな……

「クレオ、グーばっかり出したら負けちゃうぞ」

「エイシャル知らないの？　グーが一番つよいんだぞ！」

ダメだこりゃ。

ビビアンはジャンケンに強いようで、クエスチョンマークの特大キャンディをゲットしていた。

「クレオはあみだくじの方がいいな……」

ジライアが哀《あわ》れみの眼差《まなざ》しで言った。


その後、あみだくじ露店で妖怪《ようかい》ようかんと妖怪図鑑を当てて満足したクレオを連れ、会場に向かう。そろそろ、クイズ大会が始まる時間である。

到着すると、出場するサク、シャオ、ルイスはクエスチョンマーク型の帽子をかぶってステージに立った。二十人ほどが出場するようだ。

『さぁ、それではクイズ大会をやっていきますよ！　みなさん、わかったら手元のボタンを押してくださいね！　早いもの勝ちです！』

会場に流れたアナウンスに「わー！」と拍手喝采が起き、クイズ大会が始まった。

『盛り上がってきましたね！　では、第一問！　刀鍛冶《かたなかじ》において、武器以外で必要なものとは!?』

出場者達が一斉にボタンを押し、「ピンポン」と音が鳴る。

『はい、ではサクさん！』

「強化の玉か、カケラ！」

サクが的確に答えた。

『正解！　それでは、第二問！　土、水、海、風、雷、火……この中で仲間外れなのは⁉』

今度はルイスがボタンを押してピンポンが鳴る。

『ルイスさん！』

「雷！」

『不正解！　では次に早かったライガさん！』

「海！」

『正解！　五大竜の性質を並べてみた問題でした！　海の性質を持つ竜はいませんからね』

こうして問題は進んでいき、結果、サクが見事に優勝した。

優勝賞品はなんと魔法エアコンだ。

「サクさん、カッコいいですです～♡」

「サク、やるね」

「サク、えらい！」

エルメス、ネレ、ダリアをはじめ、女性陣はサクを褒め称える。

「いやぁ、運が良かっただけですよ」

サクも謙遜《けんそん》しながら喜んでいるようだが、たぶん女性陣が嬉しいのは魔法エアコンがあるからだぞ。

辺境の屋敷に帰ると、早速シャオとロードに魔法エアコンを設置してもらった。

「おぉ、冷たい風が……」

「これで、ようやく一般家庭並みねぇ」

マルクは感激し、シルビアはしみじみと呟いた。

「今時魔法エアコンがない家も珍しいですからね」

ルイスは満足げだが、フレイディアはどうも物足りないようで「氷点下まで下げない？」なんて言っていた。

冷えた部屋でビールを飲みながら夕食ができるのを待っていると、クレオとビビアンが気持ちよさそうに走り回っている。

「ビビ、クレオ！　静かにしなさい！」

言っても聞かないのだが、一応注意する。

こうして、クイズ大会は豪華な賞品をゲットして終わったのだった。

◇　◇　◇

その日、スケジュールボードを書いた俺は、海へ向かった。

『釣り』のレベル12が解放されていたからだ。

沖まで出て、『釣り』を発動しながら竿を振り、魚がヒットするのを待った。

しかし、一時間経《た》っても、二時間経っても、釣れる気配はない。

「おかしいなぁ？　確かに『釣り』のスキルを発動しているのに……」

いつもだったらすぐ釣れるはずである。

しかし、俺は考えた。海釣りでは、既にマグロまで釣ってしまっている。

……海ではない？

俺は船を運転して、屋敷に戻り、バケツと釣り竿を持って裏山から流れる川に向かった。

海釣りじゃなければ、川釣りしかない！

再び『釣り』を発動して、竿を振った。

すると、すぐにメダカを大きくしたような淡水魚が釣れた。

スキル『観察』を使って見ると、アブラハヤという魚らしい。

俺はアブラハヤを五匹ほど釣って屋敷に下りていった。


屋敷のキッチンに持っていくと、すぐに家事組が調理するというので魚を渡した。

アブラハヤか……どんな味なんだろうなぁ？

俺は夕食を楽しみにしながら、敷地を見て回る。

クレオとビビアンの部屋、通称ワクワク子供部屋では、二人がアイスのトッピングされたかき氷を食べていた。

「ビビアン、クレオ、お勉強は終わったのか?」

俺は目を光らせて尋ねる。

「ビビ、たしざんがんばったのだ!」

ビビアンの答えを聞いていったん納得しかけたが……

ん? 足し算?

ハッとして言う。

「ビビアンは割り算の筆算まで進んでたろ! 今さら足し算してどうするんだ!」

「一足す一はエイシャルの鬼~!」

ビビアンは意味のわからない事を言いながらカキ氷をかき込み、ミニミニミニドラゴンのリリアに乗って飛び去っていった。

「ビビアン~! 全く、しょうがないやつだな……監視役をつけなきゃダメかなぁ……? クレオは何したんだ?」

「九九の二のだんだぞ!」

クレオはそう言ってスラスラと暗唱する。

「えらいなぁ、クレオは。お小遣いをあげよう、ほら」

「オレさまはえらいんだぞ。ありがとうだぞ」

クレオはえらそうに俺が差し出した銅貨を受け取った。


ビビアンの事はいったん諦《あきら》めて、俺は畑に向かった。ビッケルがナスとトマトを収穫している。

「ビッケル、どうだ？」

「あぁ、エイシャル殿。豊作ですよ。トマトは甘いし、ナスはみずみずしいし……しかし、そろそろ畑を拡大した方が良いでしょうなぁ」

ビッケルがトマトを拭《ふ》きながら答える。

「なるほど、そうだなぁ。じゃ、明日ルイスとマルクとラボルドに手伝わせよう。俺ももちろんやるよ」

俺はビッケルに告げて、ラボルドの果樹園に足を向けた。

果樹園では、コーヒーの木とチェリーの木をラボルドとゴーレムで収穫していた。

「ラボルド、どうだ？」

「いい感じであります！　チェリーをメインに果物ジュースを作ってみようかと……」

声をかけると、ラボルドは元気良く答えた。

「それは良い考えだなぁ。楽しみにしてるよ」

次にモンスター牧場を回ろうとすると、ギルド組が帰ってきた。

アイシス、ニーナ、サク、ヘスティアのグループだ。

ヘスティアが金色の大きなモンスターの卵を抱えている。

「お疲れさん。モンスターの卵か？」

「ああ、エイシャル。今日は、天空の塔の百階を制覇したんだ。そんで、そこにあったのがこの卵ってわけ。きっと凄い強いモンスターが生まれるに違いないぜ！」

アイシスは自信ありげに言う。

「へー。天空の塔をついに制覇したのか。しかし、一体何が生まれるんだろう……？」

俺達がそんな話をしていると、モンスターの卵にヒビが入った。

「生まれるみたいっ！」

ニーナが卵を覗《のぞ》き込む。

卵が完全に割れると隙間《すきま》から炎が上がり、黄金に輝く鳥が生まれた。

「不死鳥——フェニックスですね。どんな攻撃を受けても蘇《よみがえ》り、敵を聖なる炎で燃やし尽くす神の鳥です。超レアモンスターですよ！」

サクが興奮ぎみに言った。

「さすがは天空の塔の百階だなぁ。とりあえず、モンスター牧場に放とう」

俺がフェニックスをモンスター牧場に連れていくと——

「フェニックスっすか!?」

マルクがめちゃくちゃ驚いていた。

モンスター牧場に放つと、フェニックスは他のモンスターとじゃれあい始めた。

うん、大丈夫そうだな。

俺はそれを見届けて屋敷に戻った。

「エイシャル、お風呂は三つともギルド組が使ってるわよ」

シルビアがリビングに顔を出して言った。

うーん、お風呂も増設しないとかなぁ？


風呂が空いて汗を流すと、キッチンから良い香りがしてきた。

今日の夕食はアブラハヤの唐揚げ、小松菜とエノキの炒めもの、麻婆茄子《まーぼーなす》のようだ。

小松菜の適度な苦味とエノキの甘さがマッチして炒めものはとても美味しかったし、アブラハヤの唐揚げもカリッと香ばしくて良かった。

「明日は畑を拡張するから、敷地組は手伝ってくれ」

俺はラボルド達敷地組に告げて、残りのご飯をかき込んだ。

◇　◇　◇

夏がやってきた。

酷暑《こくしょ》を乗り切るためにも、俺達は休日を利用して海水浴に行く事にした。

女性陣は「水着どれが良い？」とか「日焼け対策どうする？」とか「逆にオイルで肌を焼きたい」とか、色々準備していて大変そうだ。

みんなが水着や遊ぶものなどの準備を整えたところで、ガルディアのガルーガ海水浴場に向かった。


ガルーガ海水浴場は、波の穏やかなエメラルドグリーンの海と広い砂浜のあるビーチで、夏になると各地から色んな人がやってきている人気スポットである。

海水浴場に到着し、はしゃぐビビアンとクレオを落ち着かせながら、俺達はパラソルやビーチチェアを置き、レジャーシートを広げた。

場所取りが終わり、焼けたくないというネレとフレイディアに荷物番を任せ、俺達は海に走る。

照りつける太陽の熱の中、海中は最高に心地よかった。

ふくらませた浮き輪でぷかぷか浮いて、海を満喫《まんきつ》する。

「なんだかこうして浮かんでいると、日頃の嫌な事を忘れていくなぁ……」

俺がふと、そう言うと……

「エイシャルに嫌な事なんてあったっけ？」

そうサシャが言い、みんなが笑った。

男どもは平泳ぎやクロールで対決して盛り上がっている。どうやらロードが強いみたいだ。

へぇ、ロードって泳ぎが上手いのか。

ぼーっとそんな光景を見つつ、俺は一人優雅に浮き輪で浮いていた。

ジライアはカナヅチという事で、もっぱらビビアンとクレオのお世話係だ。

お子様二人は貝殻《かいがら》集めに夢中になっている。

「あら綺麗《きれい》ねぇ。ビビ、集めた貝殻でネックレス作ってあげるわよ」

「ネックレス！　ビビ、がんばってあつめるのだ！」

シルビアとビビアンが楽しそうに話している。

そういえばアイシスの姿が見えない。砂浜を見回すと、彼は美女のナンパに忙しいようだった。

リリーとダリアもいないな……と思って探すと、二人ともビーチチェアに寝そべり、肌を焼くのにご執心《しゅうしん》のようだ。

あれでは、屋敷の庭と変わらないと思うのだが……

しかし、二人を敵に回すのも怖いので、何も言わない事にした。

海から上がると、ビビアンとクレオがお腹が空いたと言うので、出店で焼きとうもろこしと焼きそばを人数分買った。

やっぱり海水浴と言えば焼きとうもろこしだよな！

「おっ、焼きとうもろこしですか？　どれ、一つ……おぉ、美味い！」

「やっぱり夏の海水浴場と言えばコレよねぇ」

ビッケルもダリアも満足そうだ。

軽く昼食を済ませて、また海へ。

今日は暑くて暑くて、水に入ってないと、すぐに干からびてしまうぞ。

肌を焼き終えたダリアとリリーも昼食後からは浮き輪で浮かんでいた。


海で遊び尽くしたあとは、ビーチボールをしようという話になった。

「俺、じゃあ審判ね」

美女をナンパばかりしていたアイシスに審判を任せ、俺達はチームに分かれた。

俺、サシャ、フレイディア、ラボルド、サク、ロード、マルク。

もう一つはジライア、ルイス、ダリア、ニーナ、ヘスティア、シャオ、エルメスだ。

砂浜に枠線《わくせん》を書いたコートで、試合開始だ。

フレイディアが高く飛び上がり、スパイクを打つ。

それをヘスティアがレシーブして、ニーナがトスを上げる。

パーティの中では比較的、運動神経の良いメンバーでのビーチバレーは中々白熱した。

その戦いぶりに、いつからかギャラリーができるほどだ。

結果はジライア達の勝ち。だがまぁ楽しかったし、試合後は拍手をもらえたのでヨシとしよう。

俺は休憩を兼ねて、アイスの載ったかき氷を買いに行った。

マンゴー、バナナ、イチゴ、メロン、マスカット、アップルなど、色々な味がある。

俺はマンゴーにミルクアイスをトッピングしたものにした。

「はぁ〜。最高だなぁ」

パラソルの下で、かき氷に舌鼓《したつづみ》を打っていると、眠くなってきたな……


いつの間にか、ビーチチェアで眠っており、目が覚めた時には夕方だった。

危ない危ない……熱中症にならなくてよかった。

ロードとシャオは砂の城作り対決をしている。

お互いの大工のプライドにかけて、負けられないようだ。どちらもプロが作ったような立派な城ができていた。

「エイシャル〜！　砂山くずしであそぶのだー！」

ビビアンが俺を呼んで言った。

みんな、童心に返ってヒヤヒヤしながら山から砂をちょっとずつ取る。砂山に刺した棒を倒してしまった人が全員にジュースを奢《おご》る事になっていた。

結局ルイスの番で棒が倒れて、彼はみんなにジュースを奢った。

海水浴を思う存分楽しんだ俺達は、最後にスイカ割りをする事にした。

みんな、十回回ってから目隠しして棒を振るので、中々当たらない。

次はクレオの番だ。

「クレオー！　そこだ、そこー！」

俺達は歓声を上げる。

「ここだぞ！」

そう言ってクレオが振り下ろした棒は、見事にスイカを割った。

日が傾きかける中、みんなでスイカを食べて帰路に就《つ》いた。

中々に楽しい海水浴だったな。

◇　◇　◇

その日、俺はいつものようにスケジュールボードをかけた。

みんながそれぞれの仕事に向かったのを見届け、俺はいつもさまざまなアイテムを作っている刀鍛冶の蔵に向かった。

『細工』スキルのレベル2が解放されていたからだ。

俺は半日試行錯誤して、あるブレスレットを作った。

名付けて力持ちブレスレットだ。

どんな非力な女性でも、これをつければ十キログラムの重さのものを片手で軽々と持ててしまう。

ギルド組にあげてもいいし、家事組、敷地組にも良いだろう。

とりあえず、屋敷にいるメンバーに配りに行く事にした。

「おぉ、力持ちブレスレットとな！　スイカは重いですからなぁ。力仕事には嬉しいですよ」

「え⁉　いただいちゃって良いんですか⁉　魔法掃除機が重いので、助かります！」

農作業をするビッケルや家事組のステイシーも大喜びだ。

このブレスレット、意外と需要あるかもしれないな。

そう思いながら、ラボルドやロードやシャオにも配った。


そのあとは、久しぶりにセントルルアに足を運んだ。

俺が開発したケル・コーヒーの豆を持って、ラーマさんのケル・カフェに向かう。

ケル・カフェは先の戦いで魔竜に建物を破壊されていたが、ここ一ヵ月の修復作業で綺麗に直っていた。

「よぉ、エイシャル、久しぶりだな」

「ラーマさん、久しぶりです。これ、ケル・コーヒー豆です。営業再開したんですね」

「おぉ、サンキューな。そりゃあね、こっちは王様や貴族様と違って働かなきゃ三日で干上がっちまうからな」

ラーマさんは冗談混じりにそう言った。

「ははは。ラーマさん、じゃ、ケル・コーヒーをアイスで」

俺は注文を済ませ、待っている間ケル・カフェのラックに置いてあった新聞を読む。

●闇落ちパーティ、続々!?
闇落ちするパーティの数がまだまだ衰《おとろ》える気配を見せません!

死の悲しみの連鎖はどこまで続くのか!?

牙狼団や制王組が闇落ちしない事を祈るばかりです!

●新バイキングレストラン開店!
アイスタシンの街に新しいバイキングレストランができたようです!

デザートや飲み物の種類も豊富で食べ放題!

●セントルルア募金まだまだ!

セントルルアの復興のための募金はまだまだ受け付けています。

三日前に牙狼団から、金貨百枚が寄付されました。

ささて、ライバルとも言える、制王組からの寄付はないようですが……

制王様はケチなのか!?


なんだこの新聞は！　ケチ呼ばわりかよ！

牙狼団といちいち比べるなよな。

そう思いつつ、俺はその日のうちにセントルルアの市長に復興支援として、金貨百五十枚を寄付した。

明日新聞買わなくちゃな。俺の寄付が載ってるかもだし。

そんなこすい考えを抱きながら、辺境の屋敷に帰った。

明日は休みにして、みんなでバイキングレストランにでも行くかな。

◇　◇　◇

次の日――
女性陣は朝からずっとファッションショーをやっている。

レストランに出かけるのに、メイクだのバッグだの靴《くつ》だのを、コレがいいアレがいいと話しており、男性陣はリビングでトランプを始める始末。

「なんであんなにきがえるんだ？　オレさま、おなか空いたぞ！」

「うーん、置いていくか……」

俺は半分本気でクレオに答えた。


やっとみんなの準備が整い、馬車とドラゴンに分かれてアイスタシンへ。

到着したのが昼の十一時半という事もあり、オープンしたてのバイキングレストランは満席。

俺達は名前を書いて、順番を待った。

お子様二人はもう既に腹ペコでしゃがみ込んでいる。

ようやく名前を呼ばれて、中に入ると……

豪華な料理が所狭《ところせま》しと並べられていた。

制限時間は二時間なので、時間との勝負だ。

「よしっ、それぞれ食べ物を取るぞっ！　高価なものから取るんだ！　スープは腹にたまるから、あと回しだぞ！」

俺がバイキングにおける戦略を告げると、みんなは皿を持って食べ物を取り始めた。

「ラムかぁ。よし、取ろう」

「エイシャルー。ビビのエビ取ってなのだー」

ビビアンはエビを食べたいみたいだ。

「よし。エビだな？」

「オレさま、チーズドリアほしいぞ。とってくれ」

クレオ、ドリアは腹に溜まるぞ……

俺は肉類を一通りと野菜を少し取り、席に戻る。

既に、テーブルの魔法鉄板の上では、ホタテ、カキ、カルビ、エビ、牛タンなどがジュウジュウと音を立てて焼かれていた。俺もラムを鉄板に載せる。

ロードとシャオは早くもビールで乾杯していた。

「そういやさ……」

アイシスが牛タンをひっくり返しながら、俺に言った。

「最近、闇落ちパーティ関連で妙な話を聞いたんだ。襲われたやつらが言うには、仮面を被った戦士が助けに来たとかなんとか……」

「へぇ……正義の味方ってわけか？」

「せいぎのみかたはオレさまだぞ！」

クレオが俺達の話に割って入り、前に俺があげた魔法の変身ベルトで本当に変身しようとするので、慌てて止める。

「クレオ、これは大人の話なんだよ……」

「クレオはお子様なの！」

ビビアンが言った。いや、お前もな……

「やだ、肉ばっかり焼いてるじゃない！」

そこへ野菜を持ってきたシルビアが鉄板を見て言った。

「だって肉の方が高いだろ？」

「だからって、取りすぎよ！　野菜のスペースも作って！」

シルビア様のご命令で肉をどけて野菜を焼き始めた。


一時間ほどが経ち、大体のメンバーが腹一杯になったようだ。

ビビアンとクレオは満腹で寝かかっている。

そんな中、ステイシーはずっと食べ続けていた。

「ステイシー、凄いな。意外と食べるんだな」

俺が腹をさすりながら言うと、彼女は元気に答える。

「少しずつ、少しずつ、長く食べるタイプなんです！」

ステイシー以外の女性陣は別腹だと言って、デザートを食べ始めた。

俺は枝豆をつまみながら、ビールをちびちびやる。

「しかし、さっきアイシスが言っていた仮面の戦士は誰なんだろうなぁ？」

「どうも、一人で行動してる男らしいぜ？　しかも見た事もない特殊な魔法や技を操るんだと」

エイシャルも酒を飲みつつ、話に入ってくる。

「へぇー？　ますます誰なのか気になるなぁ。まぁ、敵の敵だから、俺達にとっては味方になるのかな？」

俺の発言にジライアが首を横に振る。

「いやいや、そう簡単な話ではないでしょう。なぜ、そいつが闇落ちパーティからの被害を防いでいるか……理由も謎ですしね！」

「カッコつけたい、とか？」

ニーナがケーキを食べながら言うが、俺は首を傾《かし》げる。

「だったら、仮面は被らなくていいんじゃないか？　名前もわからないのかな」

「アンドラって名乗っているそうよぉ」

ダリアが教えてくれた。

「アンドラ……か。まぁ、警戒はしなきゃいけないけど……」

「なんだか、話してたらまた腹が減ってきたな」

アイシスがそう言うと、シャオが口を開く。

「食べやしょうぜ！　元は取って帰りやすぜ！」

そうして、三キロくらい体重を増やした俺達は、満腹でバイキングレストランをあとにした。

バイキングレストラン恐るべし……！

◇◇◇

その日もスケジュールボードをかけて、畑に向かおうとした俺の元に、ベルトでガオガオーに変身したクレオがやってきた。なーんか、嫌な予感……

「エイシャル、お馬さんがきてるぞ！」

やっぱりか……俺は外に出て戸口の穴から外を覗く。

すると、そこにはガルディア王国の騎士長ラークさんが。

「やぁ、ラークさん」

俺が戸口から外に出て挨拶すると、ラークさんは礼儀正しく一礼する。

「これは制王様、お久しぶりでございます」

「ええ、久しぶりです。で、何かご用ですか？」

「それが……言いにくいのですが、また、ガルディア王が制王様に頼みたい事があるそうで……」

「はぁ……」

いつもの事なのでもう驚きもしないが……

「明日午前十一時にガルディア城に来ていただきたいとの事です。何卒《なにとぞ》……」

ラークさんはまた一礼して去っていった。

はぁ……また、面倒くさい事にならなきゃいいけど。

◇　◇　◇

そんなわけで次の日、モグに乗ってガルディア城へ向かった。

ガルディアの兵士達はモグの事も俺の事も知っているので、すぐに俺は城に通された。

王の間へ行くと、ガルディア王が王座から降りて俺に一礼した。

「これはこれは、制王様、はるばる来ていただき恐悦至極《きょうえつしごく》に……」

「そういう堅苦しい挨拶は抜きにして……一体なんの用なんですか？　また、面倒事ならごめんですよ？」

「ま、まぁまぁ、そうおっしゃらずに！」

「いいから、用件を言ってください」

俺が急かすと、ガルディア王は告げる。

「実はですねぇ、最近、王都──ガルディア城下町をドラゴンが襲う被害が出ているのですよ……」

「ドラゴンですか？　しかし、ドラゴンは本来温厚な性格。理由なく街を襲うとは考えにくいですが……」

「そうなのです……それに、襲ってきているシャインドラゴンは我が国の国歌にも登場する神聖なモンスターです。なんとか、ドラゴンを説得していただけませぬか⁉」

「はぁ⁉　ドラゴンの説得ですか？　そんなのできるはず……」

ガルディア王はまた無茶な事を平気で言うな。

「いえいえ、制王様に不可能はございません」

「そんな無茶苦茶な。何を根拠にそんな事を……」

「お願いしますー！　制王様に見捨てられたら、私は……」

そう言われては見捨てるわけにはいかない。

お人好しの俺はその話をいったん引き受けた。

「ありがとうございますー！　さすがは我らの制王様ですー！」

調子のいい事を言うガルディア王。

そして、俺は暗い気持ちで辺境の屋敷に帰った。

うーん、しかしどうしたものか……ドラゴンの説得、ねぇ。

俺は部屋にこもって考え込んだ。

とりあえずドラゴンの説得なら、同じドラゴンに聞いてみよう。

安易な考えで、フレイディアか、ヘスティアにお願いしようと決めた。

どちらが適任だろうか？　いや、二人ともに頼んじゃえ！

というわけで、ギルド組が帰ってきた後、フレイディアに声をかけた。

「やぁ、フレイディア」

『……何、エイシャル？　また、面倒事ならごめんよ？』

「そっか。じゃあ、ヘスティアに頼んでみるよ」

『ヘスティアに？　ちょっと言ってみて！　内容によるわ』

氷竜のフレイディアは溶岩竜のヘスティアにライバル意識を燃やしているからな。ヘスティアの名前を出せば、食いつくと思った。

「実は……」

俺はガルディア王に言われた事を説明した。

『シャインドラゴンが？　ドラゴンの中でも特に温厚と言われてるのよ？』

フレイディアは麗《うるわ》しい眉《まゆ》を顰《ひそ》める。

「だけど、見た人が複数いて、確かだそうだよ」

『ヘスティアと話すからちょっと待ってて』

フレイディアはそう言った。あの大嫌いなヘスティアに相談するなんて、よほどの問題なのかな？

その後、ダンジョンから帰ってきてフレイディアと話をしていたヘスティアが、俺に声をかけてきた。

『主人、明日、俺とフレイディアでシャインドラゴンのところに行く。主人も用意しといてくれ』

「わ、わかった。やっぱり何か裏があるのかな？」

『恐らくな』

ヘスティアはそれだけ言うと、外にある彼の部屋——マグマの洞窟《どうくつ》に去っていった。

◇◇◇

次の日、俺、フレイディア、ヘスティアは武装して、シャインドラゴンの棲《す》み処《か》である光の山に登った。と言っても、ヘスティアの背に乗って飛んだので、頂上まであっという間だったが。

山の頂上にシャインドラゴンがいるらしい。

「シャインドラゴンと話せるのか？」

俺が尋ねると、フレイディアが答える。

『竜語で話せば問題ないわ』

目的地に着くと、そこには瞳を閉じたシャインドラゴンがいた。

俺達の気配に気付くと、すぐに目を開く。

シャインドラゴンの瞳はゴールドだが、白目の部分は真っ赤に充血している。

唸《うな》りながら、何か喋《しゃべ》っているようだ。

フレイディアとヘスティアも竜語を話す。

「な、なんて言っているんだ？」

『この子……おかしいわ！　しきりに薬って言っている！』

珍しくフレイディアが動揺している。

「薬って……一体なんの事だ？」

『薬のために街を襲っている……？　言葉が乱れていてよくわからんな……』

ヘスティアが冷静にそう言った。

「なんなんだ、一体……？」

『魔薬《まやく》……この子、魔薬を打たれている……！』

フレイディアの口から信じられない言葉が出てきた。魔薬とは幻覚や一時的な多幸感を与える危ない薬だ。それで凶暴化して、街を襲って……

『エイシャル！　薬草で治せないの!?』

「今は無理だ、フレイディア！　仕方ない、いったん引こう！」

魔薬を撃たれたドラゴンの近くにいるのは危なすぎる。

俺達はひとまず山から逃れた。

シャインドラゴンは追ってくる様子もなく、俺達は無事に辺境の屋敷にたどり着いた。

「しかし、一体誰が魔薬をシャインドラゴンに打ったんだろう」

『闇落ち、と言っていたわよ。きっと闇落ちパーティの仕業よ。許せないわ……』

『闇落ちパーティはついにモンスターにまで手を出し始めたか』

フレイディアは冷気を出して怒り、ヘスティアはため息をついた。

「魔薬でモンスターを狂暴化して街や冒険者を襲わせるつもりだな」

これはかなり厄介だ。早く魔薬の効果を消す薬を作らなくては。


俺は調合室にこもって、色んな薬をかけ合わせ、作業を始めた。

ただ、魔薬を浄化する成分となると難しいな……

何度も調合を繰り返す中で、強力なサンヒール草《そう》とルナヒール草《そう》、そして、解毒作用のあるパワードクダミ草《そう》をかけ合わせた。

すると、ドラッグクリーンポーションができた！

よし、これなら……

俺はポーションをボトルに入れてコルクで蓋《ふた》をする。注射器を用意すると、ヘスティアとフレイディアのところに向かった。

「できたぞ、フレイディア、ヘスティア。これでシャインドラゴンは治るはずだ。悪いけど、もう一度光の山に行こう」

『わかった……今度は私が竜化するわ』

フレイディアは外に出て竜化し、俺とヘスティアを乗せて空に飛び立った。


『主人よ、そのポーション投げつけるのか？』

ヘスティアが尋ねてくるので、俺は作戦を告げる。

「いや、二人にシャインドラゴンの気を引いてもらって、俺が注射器で直接打ち込む。たぶん、体内に入らないと意味がないと思う」

『なるほど……さて、着いたぞ、主人』

そして、再びシャインドラゴンと対峙した。

シャインドラゴンは先程よりも凶暴化しているらしく、こちらを見るや否や、噛みついてきた。

フレイディアとヘスティアはギリギリまでシャインドラゴンを引きつけて、攻撃を紙一重で避けている。

俺はシャインドラゴンに気付かれないように尻尾《しっぽ》側に回り込み、大きな注射器でドラッグクリーンポーションを打ち込んだ。

段々とシャインドラゴンの攻撃が落ち着いていく。

『エイシャル！　シャインドラゴンの自我が戻ったわ！』

フレイディアが叫んだ。

シャインドラゴンはクゥーンと鳴いて、うずくまっている。

『また、アイツらが来たら怖いと言っておるぞ！』

ヘスティアがシャインドラゴンの言葉を訳して伝えてくれた。

「シャインドラゴン……俺と一緒に来るかい？」

俺は二人に通訳してもらい、シャインドラゴンを仲間に引き入れた。

こうして、シャインドラゴンの襲撃事件は一応の解決となった。

◇　◇　◇

それから数日後――

すっかり日常に戻り、その日も俺がスケジュールボードをかけると、みんなはそれぞれの仕事に向かった。

俺は魔道具を作るべく、魔道具の部屋に行く。

スキルを発動して作ったのは魔具圧力鍋《まぐあつりょくなべ》だ。

前から作ろうと思っていたが、忙しくて後回しにしていたんだよな。

これは家事組が大喜びするぞ。


というわけで、早速シルビア達の元に向かった。

魔具圧力鍋を差し出すと、案の定大喜びだ。

「牛タンシチューを作るわ！」

どうやら今夜のメニューが決まったらしい。


俺はする事もなくなったので、以前みんなで作った田んぼの稲刈りを手伝う事にした。

「いやいや、エイシャル殿。人数は足りてますから、いいですよ！　ゆっくりされてください！」

田んぼに足を運ぶと、ビッケルにそう言われてしまった。

もうほとんど刈られているようだ。

「そ、そっか。じゃあ、お言葉に甘えて……」

と言ってもする事はないのだが……


結局、俺は馬に乗ってセントルルアを訪れた。

採石してたまっていた鉱石トレピスを持って、ケル・カフェのオーナーでもあるラーマさんの道具屋に向かった。

「やぁ、ラーマさん」

「おっ、エイシャルじゃないか」

ラーマさんは笑顔で迎えてくれた。

少し世間話をして、俺はトレピスを売却。新聞だけ買って帰った。


屋敷に戻ると、部屋にこもって新聞を読み始めた。

●凶暴化するモンスター達！
闇落ちパーティは次なる一手に出たようです。

比較的温厚なドラゴンやグリフォンなどが魔薬を打たれて凶暴化しています。

今のところ、制王様が作ったドラッグクリーンポーションを注射するしか完全な治療法はありません。

ドラッグクリーンポーションがみなさんに行き渡るまでは、凶暴化したモンスターを見たら逃げましょう！

●謎の戦士アンドラとは？

闇落ちパーティを成敗する正義の味方が現れました！

アンドラというどうやら男性のようですが……

なぜ闇落ちパーティを成敗しているのかは謎ですし、彼の正体についても依然わかっていません！

まぁ、しかし悪い人ではないんでしょうね☆

●豊作米祭り
ビリティ国のラポールの街で、豊作米祭りが行われます♪

どんな催し物があるのか？

それはまだ、ひ・み・つ！

というわけでたくさんのご参加をお待ちしています。


ドラッグクリーンポーションの作り方はガルディア王達に伝えてあるので、国の調合士にレシピが共有されていれば問題ないはずだ。早く行き渡るといいのだが。

だが、暴れ狂うモンスターに注射となると、中々難しいものがあるけどね。

それにしても、アンドラか……一体彼の目的は何なのだろう？

そんな事を考えていると、クレオが「夕飯だぞ！」と呼びに来たので、一階に下りていった。

今日のメニューは牛タンシチューに、トマトと大葉のサラダ、ワカメのコンソメスープ、チーズベーコンピザ。

牛タンシチューはタンが凄く柔らかくなっていて、シチューと絡んで最高だった。

食べながら豊作米祭りの話をすると、みんな「行く！」と即答した。

なんだかんだでみんなお祭り好きなのだ。

新聞に載っていた事などを話しているうちに、その日も夜が更けていった。

◇ ◇ ◇

豊作米祭りの日、俺達はビリティ国に向かった。

祭りが行われるラポールの周りには稲作地帯が広がっており、黄金の稲穂が目を楽しませてくれる。

稲穂の飾りが街中の至るところにあり、お米マンとおにぎりマン、餅《もち》っ子《こ》ちゃんの三体が祭りのキャラクターとして街を盛り上げていた。特に子供達に大人気のようだ。

うちのお子様達の目が輝く。

「餅っ子ちゃんかわゆいのだー！」

ビビアンが餅っ子ちゃんに駆け寄っていく。

「おにぎりマンがさいきょうだぞ！」

クレオもおにぎりマンめがけて走っていく。

「こら、二人とも！　危ないだろ！」

俺は注意するが、その声は虚しく人混みに消えていった。

「まぁまぁ、ビビちゃんは私が」

「じゃ、ネレがクレオ」

ビッケルとネレが二人の世話係を買って出たので任せる事にした。


やっと合流した時には、クレオとビビアンはたくさんのグッズを買ってもらっていた。

二人ともお腹が空いたと言うので、俺達はおにぎり食堂に入る。

「ビビね！　エビマヨおにぎりね！」

「へぇー、変わったおにぎりがあるんですなぁ」

ビビアンが元気よく手を挙げ、ジライアが興味深そうに言った。

それぞれが好きなおにぎりを注文し、それらを食べ終えると、またお祭りに戻った。

外では色々な餅が売られていたが、もう腹には入らないので、お土産《みやげ》に買って帰る事にした。

焼き餅と、俺とニーナとサクが好きな豆餅だ。

あとは、女性陣がお祭りグッズを買いたいというので、男性陣は米粉の団子店で待つ事にした。

「女性の買い物は長いですぜ～……」

シャオはそうぼやきながら団子を食べ終え、みんなの串を集めて何やら作っている。

しばらくすると、ミニサイズのタンスが完成した。器用なもんだな……

シャオがそれをクレオに渡して見せていると――

「ビビ、ほしいー！」

ビビアンがサッとミニタンスを取り上げた。

「グスッ……！　ビビが取ったー！　うぇぇーーーーん！！！」

クレオが泣き始めたので、ロードも動員して、彼のためにミニ椅子を作る事に。

つまり、串がさらに必要になったので、みんなもう二本ずつおかわりをした。

こりゃ、大変だ……

「できたぞ、クレオ……」

今度はシャオの代わりにロードが綺麗なミニ椅子を作ってクレオに渡す。

それでクレオはやっと泣き止んだ。

そうこうしているうちにグッズを買いに行っていた女性陣が帰ってきた。

「おかえり」

「ただいまー。ね、あっちに米粉のパンケーキカフェがあるらしいのよ。ちょっとみんなで行きましょうよ」

シルビアの提案を聞いて、団子で腹一杯の男性陣は暗い顔になる。

「それがですね……」

ルイスが説明すると、サシャがキッとこちらを睨《にら》む。

「情けないわねぇ、団子くらいでー！」

「あ、言ったな、サシャ。団子って意外と腹にたまるんだぞ！」

俺は言い返すが、サシャはふんと顔をそむけた。

「パンケーキカフェですから、飲み物だけでも良いですです～♡」

結局エルメスのその言葉に甘える事にして、俺達もパンケーキカフェについていった。


店に入り席に着くと、女性陣は米粉のパンケーキを注文。男性陣はアイスコーヒーを注文した。

「稲刈りも終わりとなると、いよいよ秋でありますね！」

ラボルドが口を開くと、ダリアが考え込む。

「そうねぇ、秋といえば……やっぱり食欲の秋かしらぁ？」

「また、紅葉祭りにも行きたいよな！」

「そうだな、アイシス。あ、そうだ、今日の祭りと同じ新聞に載ってたけど、結局アンドラってどんなやつなんだろうな。すっかりみんなアンドラ様って持ち上げちゃってるって聞くし」

俺がそう言うと、シルビアがおかしそうに笑う。

「あら、エイシャル、アンドラに対抗心燃やしてるの？」

「いや、だってさ、今まで闇落ちパーティと戦ってきたのは、俺達や『牙狼』なのにさ。ちょっと最近活躍しているからって……」

「心狭い事言わなくていいじゃんっ！　アンドラが闇落ち倒してくれたら、平和だしっ」

ニーナが明るく言った。

まぁ、それはそうなのだが……


その後は寝ているビビアンとクレオを背負って、ラポールをあとにした。

そして、また賑やかに辺境の屋敷へと帰っていく。

夕食はきっと今日の豊作米祭りで買った焼き餅と豆餅だろう。

◇◇◇

またある日の朝——

みんなが仕事を始める中、俺はキノコ栽培所に向かった。

『キノコ栽培』のレベル４が解放されていたからだ。

さぁ、何ができるかな。俺はキノコ栽培所で、スキルを発動した。

できたのは……

マイタケだ！

これは、家事組が喜びそうだぞ。

俺はマイタケをごっそり取ると、家事組に持っていった。

「まぁ、マイタケね！」

「マイタケなら、色々できますわ！」

「楽しみですですー♡」

シルビア、リリー、エルメスが口々に言った。

色々とアレンジ料理を作るらしい。

俺はマイタケを家事組に任せて、いつものように敷地を見て回る事にした。

まずはモンスター牧場から回っていくか。

「どうだ、マルク。調子の方は？」

「それが……シャインドラゴンのキーラが風邪を引いたっぽいっす……」

先日仲間になったシャインドラゴンはキーラと名付けられ、マルクに任されていたが……風邪か。

「そうか……オールポーションがいくつかあるから、それで治ると思うぞ。あとで持っていくよ」

「ありがたいっす！」

マルクと別れ、次は普通の動物を入れている牧場に向かった。

せっせと牧場の掃除をしているのはルイスだ。

「ルイス。どうだ？」

「えぇ、問題ありませんよ。牛乳がたくさん取れたので、ヨーグルトやチーズにします」

「そうか。ヨーグルトはビビアンが好きだし、チーズはクレオの大好物だからな。喜ぶよ、きっと」

俺はそう言ってルイスと別れた。

今度はワクワク子供部屋だ。

……ちゃんと、勉強してるかな？

かなり不安である。

ワクワク子供部屋に入ると、ビビアンもクレオも机に向かっていた。

「おぉ！　二人ともえらいじゃないか！」

「ビビ、お国の名前言えるのだ！　えーと、ガルディアにビリティ、ローズフリー、サイネル……」

ビビアンが一生懸命暗唱したので、俺は素直に褒めた。

「凄いな、ビビアン！」

「ビビ、社会のおべんきょう好きー！」

ビビアンは胸を張って言う。

「そっか、ビビアンは社会が好きなのか。いい事だぞ。じゃあ、二人ともおやつ食べてきなさい。よく頑張ったご褒美に、シルビアがホットケーキ作ってくれるぞ」

俺がそう言うと、お子様二人は「「はーい」」と手を挙げて屋敷に戻っていった。

ビビアンに取り柄があって良かった……！

心からそう思った俺だった。

次にラボルドのいる果樹園に足を向ける。

「どうだ？　ラボルド」

「大きなメロンがなったであります！　メロンシャーベットにしたら美味しいかと……」

ラボルドがメロンを採ってきて言った。

「メロンシャーベットにして冷やしておいて夜のデザートにみんなで食べようか」

「賛成であります！」

そんな話をして、ラボルドと別れ、最後にビッケルの畑を訪れた。

「おぉ、エイシャル殿」

「どうだ、畑は？」

「ホワイトアスパラが育ったところですぞ！」

「へぇ、ホワイトアスパラかぁ！」

美味しそうだな、と思いつつも、今日はたぶんマイタケ三昧だろうと諦めた。

夕方になるとギルド組も帰ってきて、賑やかな夕食が始まった。

「ビビ、メロンシャーベット食べる！」

ビビアンが夕食そっちのけで言う。

「ビビアンはマイタケを食べないと、シャーベットはありません！」

俺が厳しくすると、ビビアンは渋々マイタケを食べ始めた。

「ぶー……！」

「オレさま、マイタケ食べれるぞ！　がんばれ、ビビ！」

クレオが応援している。

そうして、なんとかマイタケを食べ終えたビビアンも含めて、夕食後にみんなでメロンシャーベットを食べた。

暑い夜にメロンシャーベットが体を冷やしてくれるなあ。

◇　◇　◇

その日、ガルディア城下町でオークションが行われる事になっていた。

オークションに行くみんなはそれぞれドレスアップして、リビングに集まった。

「さぁ、参りましょう」

黒のチュールドレスでふわふわスカートを身に纏《まと》ったリリーが言う。

誰もが見惚《みと》れる美しさだ。

さすがはガルディアのコンテストでミス・ビューティーに輝いただけある。

ビビアンは青い花のドレスを着て、クレオは子供用タキシードだ。

今回のオークションでは、世界中の宝がいっきょにガルディアに集まるらしい。

みんなには、超特別ボーナスとして金貨十枚を渡してある。

いつもの貯金と合わせれば、それなりのものが買えるはずである。

というわけで、馬車と水竜のウォルルに乗るメンバーに分かれてガルディア城下町に向かった。


ガルディア城下町に着くと街の中央に巨大な黒いテントがあり、人々が中に入っていく。

「おもちゃもある!?」

ビビアンがわくわくした様子で聞いてくるので、俺は頷いた。

「あぁ、確か子供オークションがあとであるはずだよ。ビビ、クレオ、最初は退屈かもしれないけど良い子にしてるんだぞ？」

俺は二人の頭を撫《な》でながら言うが――

「「りょーかい！」」

二人はそう言った途端に手を繋いで走り始めた。

ダメだ、こりゃ……

そんな二人を引き止めながら、会場に入る。

入り口にて番号の札を渡された。この札を上げて競りに参加するらしい。

俺の番号は七七七だ。なんとなく良い事がありそうだな。

俺達は会場に設置された席に座って、オークションが始まるのを待っていると、アナウンスが流れた。

『こんにちは、みなさん！　今日はたっくさんのお宝がこのオークションに集まっていますよ！　司会は私、ジャンが務めさせていただきますので、よろしくお願いいたします。えー、なお大人部門のあとに子供部門となりますので、お子様も楽しんでいかれてくださいね！　では、早速参りましょう。ナンバー1！　金のりんごのネックス！　さぁ、どうですか⁉　金貨一枚から始めましょう！』

司会のジャンが言うと、すぐに札が上がり始めた。

結局金のりんごのネックレスの最終価格は金貨十二枚だった。

俺が狙っているのはこれではないので、まぁいい。

それからしばらく経ち――

『では、ナンバー15！　黄金のりんごのなる木！　さぁ、金貨五枚から！　どうですか⁉』

コレだ！　これ！　『栽培』のスキルじゃ、黄金のりんごは今のところ無理だからな。

「金貨五十枚！」

俺が札を上げて言うと、会場はシーンとした。落札できたようだ。

『それでは、七七七番の方が金貨五十枚で落札！　おめでとうございます！』

その後も、オークションはどんどん進んでいく。

ナンバー95で透明マントが競売にかけられると、ルイスがサッと七八八番の札を上げる。

な、なんに使うつもりだぁ!?

ルイスはイケメンだが、ラボルドの風呂を覗くなど、やばい前科がある。これは阻止せねば！

俺はサッと七七七番の札を上げた。

「エイシャルさん！　僕の唯一の楽しみを……！」

なんと言われようと、ここは阻止だ。

すると、禿《は》げたおじさんが四四四番の札をさっと上げて金貨四十四枚で落札した。

ホッ……よかったよかった。

「きぃぃぃ……！　あれがあれば、あんな事やこんな事も……！」

ルイスは悔しがっている。あんな事やこんな事の内容は誰も聞かなかった。

大人部門が終わったところで、寝ているビビアンとクレオを起こした。

「んー……なんなのだ？」

「ふぁぁあ！　ねてたぞ！」

「これから、お子様オークションが始まるぞ！　ビビとクレオにもお小遣いあげただろ？」

俺がそう言うと、二人は興奮している様子だ。

「わぁ、ビビ、アリーちゃんお家セットが欲しいのだ！」

「オレさまはガオガオーの時計セットがほしいぞ！」

そんな事を言っている間に束《つか》の間《ま》の休憩タイムは終わり、お子様オークションの部に入った。

ハート柄のドレスをビビアンが欲しがったが、アリーちゃんお家セットとどっちか一つだ、と言い聞かせると諦めていた。

ちょっとかわいそうだったかな？

いや、でも小さい頃からあんまり贅沢《ぜいたく》させるとな。

最終的にビビアンはアリーちゃんお家セットを無事競り落とし、クレオもガオガオーの時計セットをゲットして、楽しかったオークションは幕を閉じた。

「あー、楽しかったなっ！」

「あぁ、みんな欲しいものをゲットしてたな」

伸びをしながら歩くニーナに、俺も笑顔で言う。

「ふん！　僕以外は、でしょう!?」

ルイスは透明マントが手に入らなかった事をまだ怒っているようだ。

「まぁまぁ、ルイス。ホットドッグの中身何にする？　好きなもの買えよ」

夕飯は屋台で買って帰る事になっていたので、俺はフォローの意味も込めて言うと、ルイスはぶつぶつ言いながら、タルタルドッグを頼んでいた。


こうして、俺達はガルディア城下町をあとにして辺境の屋敷へと帰った。

ルイスが透明マントで何をしたかったのか？　それは誰にもわからない……

◇◇◇

その日、シルビア達女性陣はサイネポルトの温泉宿に二泊三日で旅行に行く予定だった。

「男性陣だけで、三日も大丈夫ですの……？」

リリーが心配そうに言うが、俺は胸を張る。

「平気へいき！　ほら、俺達だっていつもリリー達の仕事ぶりを見てるから、やろうと思えばできるんだよ」

「そうそう、羽を伸ばしてきてくださいよ」

サクも俺の言葉に頷いている。

「じゃあお言葉に甘えて……行きましょうか？」

シルビアがみんなに声をかけ、女性陣は馬車に乗ってサイネポルトの街へ向かった。


正午近くになり、クレオがそわそわし始める。

「おなかすいたぞ～……」

「よしっ、メシ作るか！」

俺は腕まくりして言うと、ルイスが心配そうにこちらを見ている。

「って言っても、エイシャルさん、作れるんですか？」

「……みんな、チャーハンでいいな!?　拒否権なしだぞ！」

有無を言わさぬ勢いで準備を始める。

「えぇ？　チャーハンだけでやすか？」

「仕方ないだろ。家事組がいないんだから。みんな、協力し合ってだな……」

不満そうなシャオをなだめながら、調理工程を頭の中で確認する。

えーと、チャーハンってご飯と卵をぶち込んで炒めればいいんだっけ……？

俺の記憶も曖昧《あいまい》である。

何せ、この辺境の屋敷に住み始めてからというもの、料理はシルビアがしてくれていたからだ。

「肉も入れましょう！　エイシャル様！」

「え、肉ってなんの肉を入れるんだ？」

キッチンに入ってきたジライアに尋ねる。

「さぁー……？　牛肉とかですかね？」

「じゃ、牛肉を細かく切って入れよう！」

俺とジライアは、あーでもないこーでもないと言いながら、チャーハンらしきものを作っていく。

そして、なんとか完成した。

「おい、みんな、リビングが散らかってるぞ。ちゃんとゴミは捨ててくれよ。ヘスティア、漫画本戻せよな」

俺は食卓の準備をしながら、まるで親のように注意する。

シルビア達が出てから、まだ数時間しか経っていないのにこのザマである。

『ステイシーは何も言わずに片付けてくれるぞ、主人』

「そのステイシーがいないんだから、セルフサービスだよ」

面倒そうに言うヘスティアに、俺は首を横に振る。みんな、飯にありつくためにダラダラと片付け始めた。

女性陣の大切さを改めて知った日だった。

あと二日大丈夫かな……？　俺は急に心配になった。

味が薄く、イマイチなチャーハンを食べた後——

あっという間に夜になった。

夕食はバーベキューにして、みんなで酒を飲みつつ楽しんだ。

◇◇◇

翌朝、風呂すら入っていない者が数名いて、しかもみんな二日酔《ふつかよ》いのようだ。

これは仕事にならないな……

「ロード、ジライア、シャオ、風呂くらい入れよ？」

「着替えがないですぜ」

俺が注意すると、シャオがそう答えた。そういえば昨日は洗濯も何もしてなかったな。

「よし、洗濯しよう！」

「誰がするんです？」

「そんなの、みんなでだよルイス。みんなの洗濯物なんだから」

そう言いながらタライと洗濯板を探した。

「あったあった！　さぁ、みんなやるぞ！」

「「「「おぉ～……」」」」

みんな、やりたくないようだ。

しかし、シルビア達が帰ってきた時に臭《くさ》いままじゃ呆れられるだろう。

俺達だってできるってところを見せとかないと……！

天気も良いし、俺達は手分けして洗濯物を洗った。

「これはもしや、ジライアさんのパンツ……」

ルイスが変態っぽく言うので、彼には戦力外通告した。

「はぁ～、手が疲れますなぁ～」

ビッケルが言う。みんな、どれだけ家事組に甘えていたか、やっとわかったようだ。

「マルク、凄い泡立ってるけど、洗剤どれくらい入れたんだ？」

俺が尋ねると、マルクはきょとんとして答える。

「えっ、使い切りっすよね、この洗剤？　丸ごと一本入れたっす！　これで綺麗になるっす！」

その言葉を聞いて、俺は呆れ果てる。やっぱり女性陣がいないと無理だ！

みんなも、心の中でそう思ったと思う。

「そういえば、昨日のバーベキューの後片付けしてないですね」

「だな……屋敷の中もぐちゃぐちゃだぞ」

ジライアとそんな話をしていると、クレオが座り込んだ。

「エイシャル～、オレさまはらへったぞ～」

そういえば、そろそろ昼食だ。

朝食もパンを食べただけなので、みんなかなりお腹を空かせているはずだ。

「これはもう、困った時のケル・カフェじゃないでしょうか⁉」

「そうだ……ケル・カフェのカルボナーラ……」

サクが提案し、ロードがぼそっと呟いた。

「あっしは、ステーキが……」

「ハンバーガー二倍サイズがあったでありますよね⁉」

シャオとラボルドはよだれを垂《た》らさんばかりだ。

これはもう行くしかなさそうだ。

俺達はヘスティアとウォルルに乗ってケル・カフェに向かった。


「おっ、今日は大人数だな！」

ケル・カフェに入ると、ラーマさんが迎えてくれた。

「ちょっと女性陣がお出かけしてて、残りのメンバー全員で食べに来ました。結構注文するけど、大丈夫ですか？」

俺が尋ねると、ラーマさんはどんと胸を叩いた。

「そりゃあ、大歓迎さ！　ちょっと時間がかかるかもしれねーけどな」

「それは構いません。あ、お子様の分から先に作ってください」

「おう、任せとけ！」

それから、それぞれ好きなものを注文しまくり、やっと飯らしい飯を食べる事ができた。

「屋敷がまだ散らかってますなぁ……夕食も考えないとですし……」

ビッケルが食べながらも心配そうに言った。

うーん……夕食はセントルルアでサンドイッチでも買って帰るか。

◇　◇　◇

そして、女性陣が帰ってくる日。俺達はワクワクして待っていたが……

シルビア達は屋敷の惨状《さんじょう》を目の当《ま》たりにして唖然《あぜん》としていた。

「凄い事になってるですです～……」

エルメスがようやく口を開いた。

「いや、俺達も一生懸命頑張ったんだけどさ。やっぱり家事は向いてないよ、うん」

俺は怒られないうちにサッとそう言ったが……

「だからって、これはあんまりですわよ！」

リリーに怒られた。

「仕方ないわ。私達で片付けましょう」

サシャの声をきっかけに、女性陣の大掃除が始まった。

今日は美味しいものが食べられるぞ。

そうして、男だけの日々はかなり無様に終わったのだった。

◇　◇　◇

その日、いつものようにスケジュールボードをかけると、みんなは仕事に向かっていった。

俺も、畑に向かおうとしたのだが――

アイテムでプリティビビアンに変身したビビアンに呼び止められた。

いやーな予感……

「お馬さんが来てるのだ！」

やっぱりか……俺は観念して、戸口を開けて外に出てみる。

「おぉ、制王様！　私、ローズフリー王の使いの者でございます。国王が明日十三時に城に来てほしい、と」

「うーん、俺もさぁ、ほら色々と忙しいんだけど……」

やんわり断ろうとすると、ローズフリー王の使いの者は真面目な顔で言う。

「制王様に来ていただかねば、私の首がはねられます……」

「わかったよ！　行くよ！」

俺は大慌てでそう言い直した。

「ありがとうございます。これで枕を高くして眠れます！」

そして、ローズフリー王の使いは帰っていった。

はあ、どうせまた面倒くさい事を言われるぞー……

俺は肩を落として敷地に戻っていった。


次の日、モグに乗ってローズフリー城に向かった。

相変わらず顔パスで城に入ると、応接室に通された。

ローズフリー王は俺が部屋に入ると立ち上がって一礼する。

「今度は一体なんの用なんです？」

うんざりした気持ちをできるだけ顔に出さずに尋ねた。

「制王様、まずはどうぞお座りください。何か飲み物を……」

「いえ、そういうのは結構ですから。用件を言ってください」

「わかりました。実は制王様に解決していただきたい事があるのです」

ローズフリー王は真剣な面持ちでそう言うので、俺は先を促す。

「というと？」

「はい、私には孫がおります。まだ九歳ですが、それはもう利発で後の国王に相応《ふさわ》しく……あぁ、話がそれましたな。孫の名前はクロンと言いまして、王立学園に通っております。ですが……」

「ですが？」

「どうもいじめにあっているようなのです……クロンは賢い子ですから、本人に問い詰めても何も言いません」

ローズフリー王の悩みを聞き、俺は頷いた。

「なるほど、それはさぞかし心配な事でしょう。しかし、王子をいじめるなど、あまり聞いた事がありませんが……」

「相手は恐らくですが、神官の孫ではないか……と。ここローズフリー国では神官の力は未だ強く、王といえども神官の所有する土地にさえ許可なしには入れないのです」

「お話はよくわかりました。しかし、一体俺にどうしろと？　子供のいざこざに祖父が口を出すのも嫌がられるでしょうが、ましてや俺は他人ですよ？」

「そこをなんとか！　どうにかして孫をお助けください！」

ローズフリー王はがばっと頭を下げる。

俺は仕方なくその依頼を受ける事にした。

結局、困っている人を見過ごせない性格なのだ。

モグに乗って辺境の屋敷に戻ると、しばらく部屋で考え込んだ。

「いじめるな」と言っても、たぶんいじめるやつはいじめるだろうしな。

下手すると、いじめがひどくなるんじゃないだろうか？

うーん、困ったなぁ……

そこまで考えて、行き詰まったところでクレオが夕食だと呼びに来た。

夕食の席でみんなに尋ねてみるのも良いかもしれないな。


食卓に着くと、今日のメニューはカツオのフライとじゃがいものソテー、小松菜のチーズサラダだった。カツオのフライで腹が五割ほどふくれたところで話を切り出す。

「今日、ローズフリー国に行ったんだけど……どうも、王様の孫が王立学園でいじめにあってるらしいんだ」

「王の孫がぁ？　一体誰にいじめられてるのぉ？」

ダリアが不思議そうに尋ねてきたので、俺は聞いた事を説明する。

「神官の孫らしい。ほら、ローズフリー国は神官の力が強いからね。ローズフリー王も神官には言えないみたいだし」

「それは難儀《なんぎ》ですなぁ……」

ビッケルがお茶をすすりながら言った。

「そうなんだよ。子供同士のいざこざに大人が入って上手く解決するかもわからないし……」

「逆にいじめがひどくなるんじゃないの～？」

サシャが面倒そうに言うので、俺は苦笑する。

「そうかもしれないけど、このまま放っておくのもさ……みんな、何か良い案はないか？」

「あ、あの、良い案かどうかはわからないですけど……！」

珍しくステイシーが手を挙げた。

「教えてくれないか、ステイシー」

「つまり、大人が介入してる事をいじめっ子達に気付かせなければいいんじゃないでしょうか？」

「えーと、具体的には？」

俺が尋ねると、ステイシーは指を立てて自身の案を説明する。

「まず、ウォルルに通学中のいじめっ子達を襲うように指示します。あくまで、襲うフリですけど。そして、いじめっ子達が怖がってるところにいじめられっ子の王子登場です！　みんなを守って、ウォルルを撃退します！」

「なるほどね、良いんじゃないかしら？」

「良いっすね！　ウォルルは物分かりがいいし、言い聞かせればわかると思います！」

シルビアとマルクが賛成した。

「ようし、じゃ、いったんその作戦で行ってみるか！」

俺はステイシーの案を採用する事に決めた。

◇◇◇

翌日、再びローズフリー国に向かい、クロン王子と面会した。

「クロン王子、エイシャルと申します。ローズフリー王の友人です。ところで大変失礼ですが、いじめにあっているとか？」

俺が直球で尋ねると、クロン王子は案《あん》の定《じょう》否定する。

「いじめなんかない！　帰れ！　僕は忙しいんだ！」

「クロン王子、いじめを解決する方法があるんですよ。もちろん、俺は口出しせずに。話だけでも聞いてくださいませんか？」

再び尋ねるが、クロン王子はまだ疑っている様子。

「う、嘘だ！　そんな方法あるわけ……」

「ちょっとお耳を貸してください……」

俺がクロン王子の耳に口を寄せて作戦を伝えると――

「それで、本当にいじめられなくなるのか……？」

「保証いたします」

俺はにこやかにそう言った。


数日後、王立学園帰りの神官の孫の元にウォルルが空から舞い降り、威嚇《いかく》した。俺は道端の陰から様子を見守る。

「ひぃぃい……！　だ、誰か⁉」

神官の孫以外の子分達はすぐに逃げていった。神官の孫は尻餅《しりもち》をついている。

ウォルルが怖がらせるように唸り声を上げる。

「あわわ……」

神官の孫はもう叫ぶ事もできずに、座り込んでいる。

そこへ……

「やめろ！　ソイツは僕の友達だ！」

クロン王子が剣を持って現れた。

「ク、クロン……！」

神官の孫は驚いた表情で名前を呼ぶ。クロン王子はウォルルに剣を振るった。

「クロン、勝てるわけ……！」

「やってみなくちゃわからないよ！　それに僕は友達を見捨てて逃げたりできない！」

クロン王子の言葉は演技ではなく、心からの声にも思えた。

彼の剣捌《けんさば》きに、一歩二歩とウォルルが後退し、ついに空へと逃げていった。

「あ、ありがとう、クロン……俺はお前の事をいじめてたのに……」

クロン王子が右手を差し出す。そうして、二人は握手を交わした。


無事に二人が仲直りするのを見届けて、俺はウォルルに乗って辺境の屋敷に帰った。

「エイシャルさん〜！」

マルクがモンスター牧場から手を振っている。

「どうだったっすか!?」

「いやもう、バッチリだったよ！　ウォルル、えらかったぞ」

俺はウォルルから降りながら、さすってやる。

マルクはウォルルに餌《えさ》をあげて褒め称えた。

そして、もう一人褒めなければいけない人物が、屋敷の玄関からこちらを見ていた。

「ステイシー、ありがとうな。カンペキだったよ」

俺はステイシーに駆け寄って礼を言った。

「エイシャルさんのお力になれて、嬉しいです……！　あの、これからもこの屋敷に置いてください。頑張りますから、私……！」

「ははは。大丈夫だよ、ステイシー。君はもう俺の家族だよ」

そうして、ローズフリー王の頼みは無事に解決した。

◇◇◇

またある日、全員の仕事が決まり、それぞれが仕事場に向かっていった後、俺はりんごジュースを水筒に入れて調合室に向かった。

新しいスキル『調合』のレベル２が解放されていたのだ。

俺はツルッとした花とすべすべの葉を組み合わせて調合した。

すると……お肌つるつるボトルができた。

なんて、画期的なボトルなんだ！　これは、女性陣が放っておかないぞ！

そういえば、ビッケルも皺《しわ》が気になると言っていたからなぁ。持っていってみるか。

とりあえず家事組に配りに向かった。


「まぁ！　私に全部くださいな！」

リリーは踊《おど》り出しそうな勢いだ。

美意識にかけては彼女は人一倍なのである。

「ずるいわ、リリー。半分は私のものよ！」

「私とステイシーちゃんの分がないですです！」

シルビアとエルメスが怒っている。そりゃそうだ。

「まぁまぁ、まだまだ作れるからさ。とりあえず一個ずつで手を打ってよ」

俺はそう言って、なんとか喧嘩《けんか》を回避した。


一通り仕事を終えた、俺はリビングでくつろぐ。

うーん、暇だなぁ。早くアイシス達帰ってこないかな。

とはいえ、まだ昼の一時。誰かが帰ってくるはずもない。

仕方ないので、俺はケル・コーヒー豆を持ってケル・カフェに行く事にした。

一人なので、たまには馬にでも乗ってみよう。


セントルルアの街に着きケル・カフェに入ると、すぐにマスターのラーマさんが現れた。この人、道具屋もやってるはずだけど、分身でもしてるのか？

「やぁ、エイシャル！　ケル・コーヒー豆か、それ？」

「あぁ、そうそう。奥の席、座っても良いかな？」

持ってきた豆を渡しながら尋ねると、ラーマさんは頷いた。

奥の席に着いて、『ハンターバトル』という漫画本を読んでいると……

「なんだ、エイシャル。来てたのか？」

どこからともなくゲオが現れ、声をかけてきた。

「なんだよ、そっちこそ。お前ってそんなに暇なのか？」

「馬鹿言え。まぁいい。ちょっと話があるんだよ」

「えぇ、今いいところなのに……」

しかし、ゲオは俺から漫画本を取り上げて、向かいの椅子に座る。

「実は最近、冒険者狩りが減っているらしい」

「へぇ、良かったじゃんか？　何をそんなに難しい顔してるんだ？」

「よく考えてもみろ。魔王とサイコがそう簡単に冒険者狩りを止めると思うか？」

ゲオの言葉を聞き、俺は納得する。

「まぁ……そりゃあ確かに、止めるとは考えにくいよな」

「そうだろ？　それで調べてみたら、どうやら、ルーファス大陸の魔族達の間で、意見が二分しているようなんだよ」

魔の者が棲む領域——ルーファス大陸。サイコとは、幼い頃にルーファス大陸に捨てられた元貴族で、冒険者が魔王に闇落ちする原因を作っていると目される男だ。

捨てられた怒りから人間そのものに恨みを持ち、滅ぼそうと企むサイコは魔王に取り入って魔王軍の実権を掌握。死人を生き返らせる能力なるものを持っているらしい。

そんなサイコがトップにいるのに、魔族の意見が分かれるとは？

「どういう事だ？」

俺が尋ねると、ゲオが答える。

「魔王派閥《はばつ》とサイコ派閥に分かれているようだ」

「なるほど……それで冒険者狩りが一時的に中断していると？」

「その可能性が大きいだろうな……」

「ふぅん。しかし敵の敵は味方、と言うからな。上手く行けばどちらかを利用できるかも……」

楽観的な意見を口にすると、ゲオは呆れたような表情を浮かべた。

「そう簡単にはいかないと思うがな。まぁ、それだけだ。お前もサボらずに鍛錬しとけよ。たまにはダンジョンにも行け」

ゲオは余計な事ばかり付け加えると、去っていった。

ふぅむ……それにしても不思議だよな？

魔王の事はよく知らないが、サイコと同じ考えじゃなかったのか……

俺はそんな事を思いながら、『ハンターバトル』の続きを読み始め、夕方頃、ケル・カフェをあとにしたのだった。

馬に乗り辺境の屋敷まで帰ると、なんだか疲れてしまった。

やはり、モグやウォルルに乗って移動する方が楽だ。

「あら、おかえりなさい。もうすぐ夕飯よ？」

シルビアが迎えてくれ、俺はいつものように賑やかな食卓に着いた。

◇　◇　◇

魔王ビルドラの様子が最近おかしい。

俺——サイコの闇落ちパーティ計画にあれほど積極的だったのにもかかわらず、今はあまり乗り気ではなかった。それどころか、俺の存在を煙《けむ》たがっている節がある。

まずい……理由はわからないが、このままでは魔王ビルドラは魔族を味方につけ、俺を殺しにかかってくると感じる。

先手を打つため、ビルドラが一人で寝室に入ったのを見計らい、侵入した。

「そろそろ来る頃だと思っていた。サイコよ……悪いがお前はもう用済みだ。死んでくれ」

ビルドラは少しも驚く事なく枕元にあった剣を引き抜き、俺に向けた。

「話が早い。どうも同じ事を考えていたようだ。だが、シヌのは……ガガ……オマエ……ダァ……！」

俺は上手く話せなくなり、顔は化け物のように歪《ゆが》んでいる事だろう。背中からは触手が生えた。

腕は緑色に変化し、爪は黒に染まっている。

俺の職業は『血魔導士《ちまどうし》』。血を操る能力があり、特徴が近い血さえあれば、死人をも動かせる。

この力で大切な人を蘇らせてやると冒険者達をそそのかし、魔王側につかせたのは良い作戦だった。さらにその能力を使って、魔族の血を俺の血に合成した結果が、この姿だ。

「愚《おろ》かな……人間である事すら放棄《ほうき》したか……」

ビルドラは俺の変貌《へんぼう》ぶりを冷静な目で見て言った。

「ニンゲン……など……グルル……ケガラワシイ……ワ！」

言葉すらまともに喋れなくなったが、俺はいつでも元に戻れる。

触手をうねらせ、ビルドラを貫こうと伸ばした。

ビルドラは剣で触手を叩き切っていたが、俺の触手はトカゲの尻尾のように素早く再生する。

俺は緑色になった腕でビルドラに殴《なぐ》りかかる。

「ゴフッ……！」

血を吐いて壁まで吹き飛ぶビルドラ。

これで終わりか？　と思ったが、やつはさすがに魔王だった。

立ち上がり、俺の腹を剣で貫いた。

しかし、そこからも触手が生えてビルドラの胸に突き刺さり、心臓を抉《えぐ》り取った。

「哀れ……な……男だ……サイコ。愛を……知らず……に。アンドラだけが心残り……だが」

「アンドラ？　……ふん、まあいい。負け惜しみはあの世で言うんだな」

俺は自身の変身を解き、ビルドラの首を切り落として言った。


こうして、ビルドラを手にかけた俺は新魔王として、魔族のトップに君臨する事になった。

だが、俺の耳には、ビルドラの最期《さいご》の言葉がこびりつき、それは微《かす》かに俺の心中をざわめかせた。

『愛を知らずに……』だと？　だから、なんだ？

愛などいらぬ。そんなものがなくても、俺は憎《にく》しみだけを糧《かて》に生きていけるのだから。

魔族の一部はビルドラを慕い、俺にはつかずにルーファス大陸を出ていった。

しかし、大部分の魔族は俺を受け入れた。

魔族の世界では強き者が正しいのだ。

俺が開催した夜会で新魔王サイコと名乗ると、割れんばかりの拍手が魔族達から上がった。

いずれ自分達さえ殺される事を知らずに……

◇　◇　◇

その日はセントルルアでミスタークールというイベントが行われる事になっており、俺――エイシャルはガルディア城下町を訪れていた。

ミスタークール、つまり、一番カッコいい男を決めようというイベントだ。

うちのパーティからエントリーするのは、ロード、アイシス、ルイス、ジライアの四名だ。

こう見ると、ウチのメンバーには結構カッコいいやつが多い。

しかし、ミスタークールでは、一次でファッション対決、二次で口説《くど》き文句対決、最後にアピール対決があり、単にカッコいいだけでは勝てないようだ。

出場する四人は気合いが入っている。

残りのイケてないメンバーは大人しく応援に回る。

結局、人間顔なのか……？　と、少し悲しくなった。

ビッケルは自分がミスタークールに出られない事を最後までブツブツ言っていた。彼は年齢制限に引っかかったのだ。

俺達はビッケルをなだめながら、応援席に陣取って弁当やら飲み物を広げた。

まるで、花見か何かのようだ。

「誰が勝つかな。やっぱり本命はルイスかな？」

俺はタコさんウィンナーを食べながら予想を口にする。

「あら、でもアピールが得意なのはアイシスやジライアですし、そこは彼らが有利ですわよ」

リリーの言葉に、俺は確かにと頷いた。

そもそも最後まで残っていれば、だが。

話しているうちに一次のファッション対決が始まろうとしていた。

「頑張るであります！　アイシスさん、賭《か》けてますよー！」

ラボルドが声援を送る。

そうそう、俺達は暇なので誰が勝つのかで賭けているのだ。

「ルイスー！　変な服選ぶなよー！」

俺も負けじとルイスに声援を飛ばす。

アナウンスが流れる。

『それでは、いよいよミスタークール開催です！　さぁ、クールガイ達はどんなファッションを見せてくれるのでしょうか⁉　まずは、ナンバー1、アイシスさんです！』

アイシスは真っ赤なロングコートに黒の上下、アクセサリーをこれでもか！　というほどつけている。歓声やブーイングなど、観客の反応は様々だ。

そこからは次々にメンバーが登場した。

ロードはいつもの大工着で現れ、なぜか結構好評だった。

ジライアはマントを羽織《はお》り、剣士らしい格好だ。

そして、ルイスは金髪をオールバックにしてタキシードで現れ、観客を大いに沸かせた。

結果、勝ち進んだのは、ロード、アイシス、ルイスだ。

二次は口説き文句対決。これは、聞いてて恥ずかしいものがあるぞ、きっと。

俺は酒でもひっかけて、気を紛《まぎ》らわせようとした。

「あっしら残り者は酒でも飲みましょうぜ！」

シャオがそう言いながら俺にワインを注いだ。

「もーすぐ、始まるよっ！」

ニーナがこちらを呆れた目で見ながら言うが……

どうせ寒い口説き文句だろ、と思って酒に走る。

『では、続いて二次は……口説き文句対決です！　さぁ、思いを寄せる女性へアタックする時、一次を勝ち抜いたクールガイ達の口からはどんな言葉が飛び出すのかぁ!?』

そして始まった口説き文句対決では、知らない男どもの口説き文句を延々と聞くはめになった。

どれも聞いていてとても寒い。

会場は異様な空気に包まれていった。

「恋に落ちたって、なんなのだ？」

ビビアンが口説き文句を聞いて首を傾げる。

「きっと落とし穴だぞ！　ビビ！」

クレオが怖がりながら言った。

いや、全然違うけど。

あえて聞かないようにしていると、いつの間にかルイスとアイシスが最後のアピール対決に残っていた。

いよいよ、最終対決だ。

アイシスは魔法で竜巻《たつまき》を起こして会場を盛り上げ、男性ファンの支持を得た。

対してルイスだが……

ルイスって特技あったっけ？

俺は彼が何をするのか、全く思い至らなかった。

順番が回ってきて、会場に出てきたルイスはステージのギリギリに立つと、ウィンクと投げキッスをし始めた。

「おいおい……なんだアレ⁉」

俺はそう言うが、会場の女性陣は大盛り上がりで、ルイスに黄色い声を飛ばしている。

そいつが好きなのは男だけどな。

そうして、アピール対決も終わり、いよいよ審査結果の発表となった。

ルイス来い、ルイス！

俺はなんだかんだでルイスに賭けているので、彼が勝てば大儲《おおもう》けなのだ。

『優勝者は……ルイスさんです！』

会場が大きな拍手に包まれる中、ルイスはステージに立って手を振る。

「あれで男好きなのよねぇ……」

サシャがなんとも言えぬ表情でそう言った。


最終的にルイスが優勝、アイシスが三位となったので、俺達はセントルルアに寄ってケル・カフェで祝勝会をして帰る事にした。

ルイスは賞金として金貨二十枚をもらっていたので、俺は言う。

「ルイス、コーヒーくらい奢《おご》れよ！」

「まぁ、良いですけどね」

ルイスは余韻《よいん》に浸《ひた》っているのか、クールに答えた。

そんな彼を見ながら、ビッケルはまだブツブツ言っている。

「私があと十歳若ければ……！」

「いやいや、ビッケルは十分カッコいいよ。ビビアン、クレオ、パフェあるぞ」

俺がビッケルをなだめつつお子様二人にメニューを示すと、ビビアンが不思議そうに尋ねてくる。

「ルイスはくーるがいなの？　くーるがいってなんなのだ？」

「貝のなかまだぞ、きっと！」

クレオがビビに言った。

なるほどクール貝か……

お子様の発想は面白いものがある。

みんな苦笑いしながら、コーヒーや紅茶を楽しんだ。

「しかし、ウィンクと投げキッスなんて誰でもできるじゃないか？」

「おや、エイシャルさん。する人によってその効果はだいぶ違うと思いますねぇ」

ルイスは自信満々でそう言う。

結局顔か……？

そうなのか⁉

俺は自分のフツメンさを呪《のろ》いながら、奢りなのをいい事にコーヒーを三杯おかわりしてやった。

こうして、ミスタークールは終わりを告げたのだった。

◇　◇　◇

その日はいつも通りにスケジュールボードをかけた。

そして、みんなはそれぞれの仕事に向かう。

俺は『釣り』レベル13が解放されていたので、裏山の小川に足を向けた。

さてさて、何が釣れるのかな？

そう思いながらスキルを発動して竿を振ると、一匹の魚が釣れた。

体の側面の中央に濃い藍色《あいいろ》の線が入っている。

なんという魚だろうか……？

『観察』のスキルで調べてみると、どうやら、カワムツらしい。

俺はそのあともカワムツを釣り続け、六匹釣ったところで切り上げる事にした。


屋敷に戻り、魚を待ちに待っている家事組のところへ持っていった。

「あら、カワムツね！」

「塩焼きと唐揚げどちらがよろしいかしら？」

シルビアとリリーがバケツを覗き込みながら言った。

「どっちもするですです～♡」

エルメスも決めきれないようだ。

そんなわけでカワムツを渡すと、早速家事組は料理にかかっていた。

うーん、俺はどうしようかな？

まあ困った時のケル・カフェだな。


セントルルアに着くと、新聞の号外が配られていた。

なんだかよくわからないが俺も受け取って、ケル・カフェでゆっくり読む事にした。

今日はラーマさんはいないようだ。

俺はコーヒーゼリーとホットミルクを頼んで号外を開く。

●魔王ビルドラが暗殺される！
ルーファス大陸の支配者である魔王ビルドラが暗殺されました。

犯人は参謀《さんぼう》のサイコだと考えられています。

これにより、サイコはルーファス大陸の新支配者となる模様です。

もちろん、魔王ビルドラを慕っていた魔族達は反発を強めていますが、サイコにつく魔族が圧倒的に多いようです。ルーファスを手に入れたとなれば、サイコは次に人間が住む大陸のアルガスとヤンバルを手中に収めたがるはずです。

みなさん、旅は控えてできるだけ街から出ないようにしましょう！

闇落ちパーティによる冒険者狩りが多くなる事が予想されます！

一日も早くこの長い戦いが終わる事を祈るばかりです……


サイコが魔王ビルドラを……

なんとも言えない気持ちだった。

やはり、サイコが全ての元凶だ。

やつを止めなければ、俺達に明るい未来はない。

これは、そろそろギルド組やモンスター、ゴーレムのパワーアップを考えないと。

刀鍛冶は最近していなかったけど、釣りばかりしている場合ではない。

ホットミルクを飲みながら、そんな事を思っていた。

すると――

「エイシャルさんですね？」

顔を黒い布で覆《おお》い、ターバンのような帽子を被った青年が話しかけてきた。

「そうだけど……えーと、君は？」

「私の名前はアンドラです」

アンドラ……？

「あぁ！　正義の戦士アンドラか！」

俺はアイシスの話を思い出した。

「制王であるあなたにお話ししたい事があります」

「あ、あぁ……」

俺が制王である事までバレているのか……一応、周囲には隠しているはずなんだが。

アンドラは俺の対面の席に座り、再び口を開く。

「私は、魔王ビルドラの息子です」

「あぁ……って、えぇぇぇぇぇ!?」

つい叫んでしまった俺に、アンドラが慌てて言う。

「お静かに……！　私の正体を知る者はまだエイシャルさんしかいません」

「あ、あぁ、悪かった。つい、驚いて」

アンドラは息を吐いて、話し始める。

「少し私の話をさせてください。父、ビルドラはアンナという人間の女性を愛していました。そのアンナが私の母です。だいぶ前になりますが、父は母の住む街に通い、愛を育んでいました。しかし、母は人間によって殺されてしまったのです」

アンドラはそこで話を切ると、再び口を開く。

「父は母を生き返らせようと、蘇生魔法を使う『血魔導士』サイコを参謀にしたのです。しかし、一つだけ想定外の事がありました。私です。父は母が自分の子を生んでいた事を知らなかったようですが、最近になって私の存在を知った……それから、冒険者狩りをやめたんです。母を生き返らせるのではなく、母の残したお前を後継にしたい、と……私をルーファス大陸に呼び寄せてそう言い、笑っていました」

「そうか……冒険者狩りをやめたせいでサイコと対立したんだな」

俺が確認の意味も込めて尋ねると、アンドラは頷いた。

「おっしゃる通りです。最愛の人が残した私に出会った父は、もう過去に囚《とら》われなくなりました。

それが、復讐《ふくしゅう》に燃えるサイコには気に食わなかったのでしょう。私は……父を救う事ができませんでした……」

アンドラは少し目を潤《うる》ませながら語った。

辛すぎる話を聞いて、俺は何も言えなかった。

「エイシャルさん。父は私にルーファス大陸を継承させ、人間と魔族がともに住む世界を作る事が今の夢だ、と話していたんです……！　私はその夢を継ぎたいのです！」

「……気持ちはよくわかるよ。つまり、サイコを倒して、君が真の魔王になると」

アンドラは頷いた。

「ええ、私は平和主義の魔王になりますよ。今日ここに来たのは、いずれエイシャルさんの力が必要になるので、その際は助けてほしいと伝えるためです。どうか時が来たら、一緒にサイコを倒しましょう」

「そうだな……俺もサイコをこのまま放っておく気はないよ。やつを倒すには、牙狼団、制王組、そしてアンドラ、君の力が必要だ」

「それが聞けて嬉しいです。ありがとうございます。私はこれから、サイコに反発している父側の魔族達をまとめ、反サイコ組織を作るつもりです。準備が整いましたら、また連絡します。では」

そして、アンドラは転移魔法で消えていった。

彼は魔王ビルドラの子供だったのか。

それで闇落ちパーティを止めようと……

俺はその時、やっとサイコを討伐する決心をしたのだった。

その後、冷めたミルクを一口飲み、ケル・カフェをあとにした。


屋敷に戻ると、風呂に入ってみんなが帰ってくるのを待った。

夕食を待ちながら、アンドラの話を反芻《はんすう》する。

彼がどれくらいの数の魔族達を結集させられるかわからないが、大きな戦力にはなるだろう。

そして、パワーアップしたうちのギルド組がそれに加われば……

十分に勝機はある。

そこまで考えたところで、クレオが「ごはんだぞ！」と呼びに来た。

今日のメニューは手羽先とサツマイモの塩バター、カワムツ唐揚げ、小松菜のお浸しだ。

カワムツ自体にそんなに味はなく、唐揚げははっきり言って微妙な味だった。

手羽先の方が美味いな……

などと思っていたら、案の定カワムツの唐揚げが残った。

「まぁ！　カワムツの唐揚げ、せっかく苦労して作ったのに！」

リリーがお怒りのようだ。

俺達は家事組にさらなる文句を言われる前にさっさと片付け始めた。

◇　◇　◇

また数日が過ぎ――

俺はいつも通りスケジュールボードをかけた。

サイコのニュースもあり、ギルド組はいつも以上に気合いを入れてダンジョンでの訓練に向かった。

なお、俺達も週に一度は牙狼団の訓練所に顔を出す事に決まった。

やはり、ビルドラが殺され、サイコが主導権を握った以上、みんなの危機感は増しているようだ。

そんな事を考えつつ、果樹園に足を向けた。

『栽培』レベル15が解放されていたからだ。

俺は土に手を当てて、スキルを発動する。

すると……

「おぉ、りんごでありますね！」

近くで見ていたラボルドの言った通り、りんごがなった。

以前オークションで黄金のりんごの木を買ったが、黄金のりんごは渋くて食べられなかったので、俺とラボルドは喜んで収穫して家事組に五、六個持っていった。

「アップルパイ作ってよ」

「良いですです♡」

俺がリクエストすると、エルメスは笑顔で頷いた。

「アップルパイなら、クレオちゃん達のおやつにもなるわね」

シルビアがりんごの皮をクルクルと剥《む》きながら言った。

美味しいパイが出来上がりそうだ。

俺は台所を出ると、敷地を見て回る事に。

まずは、ロードとシャオの塀《へい》の補修を見に行ってみるか。

ロードは西側を、シャオは北側の塀をやっているらしい。

「ロードどうだ？」

「塀の補修は……時間がかかる……」

「そうだよな、こんなに広い敷地だし。まぁ、無理せずやってくれ。あ、そういえばゴーレムバトル賭博《とばく》の生放送が今日魔法ラジオであるらしいぞ」

「頑張る……！」

余計な一言かとも思ったが、とりあえず頑張ってくれるらしいので良かった。

次にシャオのところに行く。

「シャオ、どうだ？」

「順調ですぜ！　でも、旦那……」

「ん？」

「木の塀じゃ、もし敵襲があった時には、打ち破られてしまいやすぜ！　門は頑丈《がんじょう》でもこれじゃ、意味ねーです」

シャオは釘《くぎ》を打ちつけながら言った。

確かにそうだ。

「うーん……スキルでコンクリートなら作れるんだよな。コンクリートの塀ならどう？」

「良いと思いますぜ！　いつ、サイコにこの場所がバレるかわかりませんから守りを固めておきましょうや！」

そうだ、この敷地を攻めてくる事は想定の範囲内だ。

だからこそ、万全を期しておかなくては……

「でも、せっかく補修してもらってるから、しばらくはこのままでいいよ。時期を見て、コンクリートの高い塀にしよう」

「了解ですぜ！」

「あ、シャオ、アップルパイがそろそろできるぞ！　好きだろ？　休んでいいから、食べに行ってこいよ」

シャオは大の甘党なのだ。

俺が声をかけると、シャオは屋敷にダッシュしていった。

さて、ビビアンとクレオも呼びに行くか。


俺はワクワク子供部屋を訪れた。

部屋に入ると、二人は眠っていた。

誰かがブランケットをかけてあげたようだ。

うーん、じゃ、あとでいっか。

俺は二人を起こさずに、ラボルドとビッケルを呼びに向かった。

二人ともアップルパイと聞いて屋敷に走っていった。

アップルパイ強し……

最後に、ルイスとマルクの元へ。

「ルイスー！　マルクー！　アップルパイあるぞ！」

「アップルパイ！　ジライアさんの次に好物です！」

ルイスがいらない発言をして、屋敷に入っていく。

「自分、パイと果物を合わせるのは、ちょっとっす……」

マルクはアップルパイが苦手なようだ。

「そっか。でも、休憩はしてくれよ？」

「はいっす！」

俺も屋敷に戻ろう。


ギルド組が帰ってきたタイミングでビビアンとクレオも起きてきたので、アップルパイをみんなで食べた。

香ばしくサクサクで、りんごの甘さとほのかな酸味があるアップルパイは、あっという間になくなった。

◇◇◇

その日も普段通り、スケジュールボードをかけた。

一日が始まると、みんなそれぞれの仕事に向かっていく。

俺は細工所に足を運んだ。

あるブレスレットを作るためだ。

部屋にこもりスキルを発動。スリムな鉄棒と、細長いミスリル、軽い羽を組み合わせると……

三キロ痩《や》せブレスレットができた！

これをつけると実際の体重よりも、三キロ痩せる事ができる。そのまんまだな。

とはいえ、これは超画期的と言わざるをえない。

俺は四つのブレスレットを持って、家事組のところに持っていった。

「私のですわ！」

「何を言ってるの、私がもらうわ！」

「待て待て、四人分ちゃんとあるんだよ」

ブレスレットを取り合うリリーとシルビアをなだめて、一つずつ渡す。

エルメスやステイシーにも配った。

家事組は大喜びでつけていたが、俺からすると、はっきり言ってどこがどう変わったのかわからない。

しかし、そう言ったらまた叱《しか》られるので、「おぉ、みんなスタイル良いな！」と言ってその場をあとにした。


その後は暇になったので、これまたいつものようにケル・コーヒー豆を持って、ラーマさんのケル・カフェに行く事にした。

久しぶりにモグに乗っていくか……

というわけで、モグに乗ってセントルルアの街まで飛んだ。

復興もほぼ終わったセントルルアは、相変わらず商人や町人で賑やかだった。

モグを街の外で待たせて、街中を歩いていき、馴染《なじ》みの店に入る。

今日もラーマさんが店番をしていた。

「やぁ、ラーマさん」

「おぉ、エイシャルか」

「これ、ケル・コーヒー豆。どう？　調子の方は？」

挨拶がてら尋ねると、ラーマさんは上機嫌で答える。

「いやいや、順調さ。今度鉱石も持ってきてくれよ。高く買い取るから」

「わかったよ。あ、新聞ある？」

「はいよ、銅貨三枚だ」

俺は新聞を買ってケル・コーヒーを頼み、奥の方の席に着いた。

●新魔王アンドラ⁉
以前紹介した正義の味方アンドラは実は前魔王の息子だったようです！

アンドラは人間とともに生きる平和主義の魔王になる事を宣言しています。

なお、アンドラは前魔王ビルドラの臣下を集めて、対サイコ軍を作ろうとしている模様です。

また無人島であるエルルカ島に魔族の国を作るとか……

我々人間としては、アンドラを応援したいものですね！

●ハーブ祭り
一ヵ月先になりますが、セントルルアでハーブ祭りが行われます。

色々なハーブがお楽しみいただける、リラックスした時間を提供するそうです。

もちろん、ハーブで作られたお菓子やパンなどもありますよ！

●念願の魔法テレビ発売！
いよいよ、明後日から魔法テレビが発売される事になりました！

お値段は、金貨三十枚とかなり高額。

この魔法テレビはガルディアの研究都市カンダルで長年研究されたものです。

これを発明したのは、スキル『魔法機械』という特殊な能力を持つラピスさん。

みなさんに情報を伝えるために新聞を書き続けている私としては、複雑な心境でこの魔法テレビ発売の記事を書いています……

新聞も引き続きよろしくお願いしますね？

……トホホ。

アンドラがいよいよ動き出したか。

エルルカ島に魔族の国を建てるとは……

俺も負けちゃいられない。もっともっと辺境の領地を鍛え上げないと。

ハーブ祭りは一ヵ月後だから良いとして……魔法テレビかぁ。

夢があるな！

明後日発売か。うーん、お金ならあるし、買ってみようかな？

そんな事を思いながら帰ろうとした時、窓から見える街の様子がおかしい事に気付いた。

「なんだか外が騒がしいようですけど、何かあったんですか？」

俺はラーマさんに勘定を払いながら尋ねた。

「あぁ、なんでもシルバータイガーが街に迷い込んだみたいでな……」

「それは大変だ！　急いで倒さないと……」

「いやいや、エイシャル、シルバータイガーは牙狼団のメンバーに倒されたみたいなんだよ。それに、軽傷者しか出ていないようだしなぁ」

ラーマさんがお金を受け取りながら言った。

「それなら良かった。しかし変ですね？　街に迷い込んだという事は、外部から入ってきたという事ですよね？　一体どこから……？」

俺は首を捻《ひね》りながら考える。

「最近ね、多いんだよ。モンスターが街や道中で人を襲う事件が。闇落ちパーティが関わってるんじゃないか？」

「闇落ちパーティがですか？　ルーファス大陸から連れてきているのか……」

いや、シャインドラゴンの時のように魔薬を打たれて暴走しているのか？

だが、対抗策は既に打っているので、今さら同じ手段で街を襲うというのも不自然なような。

「さぁ、それはわからんが、やつらの仕業だよ、きっと」

ラーマさんは確信したように言う。

「シルバータイガーか……ラーマさんもお気をつけて。俺は失礼します」

「また来てくれよな」

そして、俺は辺境の屋敷に帰っていった。


帰ってくると、ちょうどギルド組も戻ってきたので、風呂争奪戦になる前にさっと汗を流す。

風呂から上がると、夕食まで部屋で本を読んだ。

「エイシャル！　ごはんだぞ！」とクレオが知らせに来たので、俺は夕食を食べにリビングへ。

今日のメニューはカキのトマトパスタと、水菜とささみのサラダ、ダイコンのポタージュスープ、ロールキャベツだ。カキはプリッとしていて、噛《か》むと磯《いそ》の香りが口の中に広がった。トマトとも意外とマッチしている。ダイコンのポタージュはダイコンの甘さが引き出されていて、バターの風味もまろやかさを加えており、とても美味しかった。

「なぁみんな、明後日発売される魔法テレビを買おうかと思ってるんだけど、どう思う？」

俺はワイワイ話しているみんなに尋ねた。

「うそ⁉　魔法テレビ欲しい！」

「俺も俺も！」

ネレとアイシスが賛同する。

『俺も欲しいぞ』

夕食になると炎の洞窟からやってくるヘスティアも魔法テレビをご所望のようだ。

「これは全員一致じゃないですか？」

ルイスが結論を言った。

というわけで、みんな賛成したので、俺は魔法テレビを買う事にした。

◇　◇　◇

その日、俺は魔法テレビを買うため、ビビアンを連れてセントルルアに向かった。

魔法機械店には行列ができており、もっと早く来ればよかった……と後悔した。

「ビビ、ピンクのテレビが良い！」

魔法テレビには、白、ピンク、緑、黄、グレーの五種類があるようだ。

「うーん……ビビ、みんな使うからさ、ピンクだと女の子っぽすぎるんじゃないかな？　白はどうだ？　こっちも可愛いぞ！」

俺はそう言ってみるが、ビビアンはぷいっとそっぽを向く。

「ビビ、ピンクなの！」

どうしようか？　と思ったが、ビビアンのピンク推しに負けて、ピンクの魔法テレビを買う事にした。

ビビアンのお願いに弱いな、俺……

行列も段々と進んでいき、あと五人程になった頃。

前の三人組が何やら話しているのが聞こえた。

「俺さぁ、この間モンスターの帝王ガエルと遭遇《そうぐう》してさ。なんとか逃げてきたけど、なんで最近ダンジョン以外にこんなにモンスターが多いんだ？」

黒の帽子を被った男が言った。

水色のローブを着た男が推測する。

「サイコの操る闇落ちパーティが何かしてるんじゃないか？　『飼育』か『調教』のスキルを持っ

た闇落ちパーティが従魔を放ってる、とかなんとか……まぁ、わからんが何にせよ、危険な世の中になったもんだ」

「まぁまぁ。おっ、そろそろ俺達の番だぞ！」

最後に茶色のベストを着た男の言葉で会話は打ち切られた。

やはり、モンスター事件は広がりつつあるようだ。

俺が考え込んでいると、ビビアンが俺の服を引っ張った。

「もうすぐなのだ！」

列が進んで、ようやく店内に入れた。

店内には、魔法テレビや魔法ラジオなどが陳列してある。

「魔法テレビのピンクください」

俺は店員に言って、魔法テレビを金貨三十枚で購入した。

「やったのー！」

ビビアンはピンクの魔法テレビを買えて喜んでいる。

「よし、じゃあ帰ろうか」

「うんうん！　早く見たいのだ！」

ビビアンが、手を引っ張って早く早くと俺を急かした。

辺境の屋敷に着くと、俺とビビアンは魔法テレビをリビングの一番良い場所に置いた。

「エイシャル！　プリティアつけるのだ！」

「えーと、ちょっと待てよ……プリティアはチャンネル2か……」

俺は魔法テレビのスイッチを入れ、リモコンで2チャンネルにした。

チャンネルは12まであるらしい。

『プリティア〜！　キック！』

魔法テレビの画面には怪人と戦うプリティアの姿が。

「プリティア・ハニーレモンがんばるのだー！」

ビビアンは夢中になって応援している。

「ビビ、ちゃんとみんなと譲り合って見るんだぞ？」

「うん！」

ビビアンがそう答えたので、俺は部屋で一休みする事にした。


十七時頃に目覚めた俺は、みんながいるだろうリビングルームに向かった。

しかし、そこでは……

「ビビがプリティア見るのー！」

「今ガオガオーがへんしんしてるところだぞ！」

「ビビ、クレオちゃん、ちょっと料理番組見せてちょうだい！」

シルビアがリモコンを取り合う二人を追いかけている。

「あら、確か美容番組もあるって……！」

リリーがシルビアのあとを追う。

「競馬……中継……！」

ロードがビビアンからリモコンを取り上げた。

「ほっこり農業が十七時からありますぞ……！」

ビッケルとラボルドがロードを捕まえてリモコンを奪う。

しかし、今度はアイシスが風魔法を使いリモコンを巻き上げ、キャッチした。

「やっぱ、モテクニックでしょ！」

「イケメンズがあります！」

フレイディアとルイスがアイシスを倒し、リモコンをゲットした。

「ビビの！」

「オレさまのだ！」

「料理はみんな食べるでしょ!?」

「美は一日にしてならず、ですわ！」

「競馬……一攫千金《いっかくせんきん》……！」

「果物と野菜はみんな好きでありますから……！」

「モテクニック見せろー！」

「イケメンズ！」

ついには乱闘が始まった……

俺は呆れ返って言う。

「やめろー！　そんなにケンカするなら、この魔法テレビ捨ててくるぞ!?」

「だって見たいのだ……」

「ビビが引っかいたー！」

ビビアンとクレオが泣き始める。

「わかったわかった！　平等に見れるように順番を決めて表を作るから、それで良いだろ？　今日はビビアンとクレオ！　明日はシルビア達の料理番組っていう風にさ」

「うーん、エイシャルが言うなら……」

サシャがそう言って、リモコン争奪戦はなんとか終わった。


俺はそれからささっとテレビ順番表を作った。

それ以外の時間は基本的に1チャンネルのニュースをつける事にした。

「あ、ゲオだぞ！」

クレオがニュースが流れているテレビを指差して言った。

「え、アイツ、テレビに出てんの？」

アイシスが驚きの表情を浮かべた。

いや、俺もびっくりなんだけど……

確かにゲオはニュースに出ており、ニュースキャスターに質問されていた。

『さて、ここで今のサイコ軍との戦況に詳しい、牙狼団のゲオさんにお越しいただいております！　ゲオさん、今後のサイコ軍との戦いをどう見ますか⁉』

『闇落ちパーティは依然として多い。いや、多い……です。仲間を失い、家族が殺され、サイコの蘇生魔法を頼って闇落ちする気持ちはわかる……ます。だがみんな、心を強く持ってくれ。一度死んだ人はもう戻ってはこない。牙狼団は道中に牙狼所《がろうじょ》を作っている最中だ……です……これ以上は闇落ちパーティの好きにはさせない』

ゲオは緊張ぎみで普段の口調と丁寧語が混ざった変な喋り方をしながらも、そう言った。

『なるほど、熱い演説ありがとうございます！　ところで、牙狼所とはどんな施設なのでしょうか？』

ニュースキャスターが尋ねると、ゲオは説明する。

『牙狼所は簡単なテント張りの駐屯所《ちゅうとんじょ》だ……駐屯所です。牙狼団のメンバーが三人一組で朝九時から十七時まで道中の人々を見守っている……闇落ちパーティにももちろん対応する。今のところ、

城下町から延びるメインの街道の五キロメートルおきに設置していく予定だが……ですが、まぁ今はそれ以上の拡大は考えてない……です』

『それは旅人や冒険者にとっては心強いですね！　ところで、最近、モンスターが街や人を襲うという事件が頻発《ひんぱつ》しているようですが、それについては⁉』

『牙狼団の精鋭部隊で調査中だ。うかつな事は言えない。サイコの仕業だとか、闇落ちパーティが関わっているとか、色々噂されているが、確証はないんだ。みんな、変な情報に流されないでほしい。調査結果が出たらちゃんと報告するつもりだ……つもりです』

やはりゲオも尻尾は掴めていないのか……

一体なぜモンスターが街や道に出現するようになったのか？

そんな事を考えていると、いつの間にかゲオは画面から消えていた。

次の報道に変わったらしい。

「しかし不穏な世の中になったもんですな」

ジライアの言葉に、俺は頷いた。

「そうだな。外に出る時はギルド組を連れていくか、ドラゴンに乗るかを徹底しなくちゃな」

「本当に物騒ねぇ……あらぁ、ハーブ祭りがあるのねぇ？」

俺が買ってきた新聞を読んでいたダリアが言った。

「え、あぁ。一ヵ月先だけどね」

そんな話をしていると、シルビアがリビングに顔を出した。

「みんなー、ご飯よー？」

その言葉をきっかけに、みんなぞろぞろと食卓に集まってくる。

今日のメニューは、チキンナゲットとキャベツとツナの炒めもの、レンコンと水菜とシメジのサラダだった。

チキンナゲットは外はサクサクしていて中はジューシー。

キャベツとツナの炒めものはキャベツのシャキシャキ感が残る火の通り具合で、ツナと合っていて美味しかった。

「明日は、料理番組の日ですです～♡」

「楽しみですわね！　レパートリーが広がりますわ！」

エルメスとリリーはうきうきした様子だ。

「ガオガオーがな、カッコよかったんだぞ！　こう、へんしんしてさ！」

クレオがご飯粒を飛ばしながら、ビビアンに熱く語っている。

ビビアンは少し迷惑そうだ。

そんなこんなで、その日もほのぼのとした一日は終わっていった。

俺はいつものように明日のスケジュールボードを書いて眠りについた。

◇　◇　◇

その日は、ローズフリー国の王都ロマノにできた魔法水族館へ行く事になった。

ビビアンとクレオは前の日から興奮して、夜も中々眠らなかった。

まぁ、でも無事にみんなそろって出発できそうだ。

いつものように馬車組とドラゴン組に分かれて、ローズフリー国の王都ロマノに向かった。


ロマノの魔法水族館は最近オープンしたばかりで、この大陸で三つ目の水族館との事。たぶんお客さんは多いはずだ。

だが、今日が平日というのがせめてもの救いだろう。

そんな事を考えていると、あっという間に魔法水族館に着いた。

「おぉ……デカい……」

ロードがポツリと呟いた。

目の前にあるのは不思議な水色の金属の建物で、中々の大きさだった。

これは中が楽しみだ。

ビビアンとクレオは入り口に向かって走っていく。

走っていってもチケットがないと入れないのだが……

その後、無事にチケットを買った俺達は魔法水族館に入った。

中では水の塊がたくさん浮いており、その中で色とりどりの魚が泳いでいる。

しかし、ふと近くの水槽——これは普通の水槽だった——を見てみると、水草しか入っていなかった。

「なんだコレ……?」

「いないのだ〜……」

俺が首を傾げ、ビビアンがしょんぼりして水槽を覗き込む。

「あぁ、その水槽はニゲクマノミという魚ですよ。逃げるのが早くて、臆病《おくびょう》なので、滅多《めった》に姿を見る事はできません。でも、こうすると……」

サクがそう言いながら水槽に手を当てた。

すると、素早い泳ぎで、小さなオレンジ色の魚が水草から飛び出してきた。

「わぁ!　かわいい〜!」

「はやいぞ!」

ビビアンとクレオがはしゃいでいる。

「あら、また水草の後ろに隠れちゃいましたわ……」

リリーが残念そうな顔をすると、ルイスが言う。

「もう一度手を当てればいいんじゃないですか？」

俺達は水槽に何度も手を当てて、ニゲクマノミの可愛いさを楽しんだ。

「なんだか、迷路みたいね、魔法水族館の中は……ビビ、クレオ、ちゃんと大人と手を繋ぐのよ？」

シルビアがお子様二人に言い聞かせる。

「次はどこに行くんでありますか？」

「えーと、パンフレットによると……こっちかな？」

ラボルドに聞かれて俺はパンフレットの案内を見るが、自信はなかった。

「まぁ、道は繋がってるんだから、適当に行けばいいわ」

サシャがそう言って、みんなで行きたい方向を決めて進む事にした。


次に見つけた大きな水の塊の中で泳いでいるのは、ネオン冷魚《れいぎょ》という魚だった。

ネオン冷魚は氷が張るくらい寒い海でしか生きられず、体を発光させて体温を保っているらしい。

それは見事な魚だった。

水中にオーロラがかかったように、ネオン冷魚はゆっくりと泳いでいた。

「宝石箱みたいじゃない？　綺麗ねぇ～」

ダリアがうっとりした声で言った。

ネオン冷魚は主に女性陣に好評のようだった。

「やっぱ、俺はもっとこう、豪快なのじゃなくちゃ……」

そうアイシスが言ったところで、人魚のエリアに遭遇した。

アイシスは人魚を見てポーッとしている。

さっきの発言はどこに行ったのやら……

だが、人魚に見惚れているのは、アイシスだけではなかった。

俺含めルイス以外の男どもは人魚の美しさに夢中になっている。

「もうっ！　男ってすぐこうなるんだからっ！」

ニーナの言葉に、女性陣みんなが頷いた。


人魚に夢中な男どもを女性陣が引っ張って、次の場所に向かった。

次のエリアには、ピンクペンギンがいた。

ヨチヨチと歩く赤ちゃんピンクペンギンもいて、女性陣が歓声を上げる。

「かわいいのー！　ねぇ、エイシャル、ほしいのだ！」

ビビアンが無茶な事を言い始めた。

「あれは無理だよ……ビビ……ほら、お土産屋さんでピンクペンギンのぬいぐるみ買ってあげるから」

俺はなんとかビビアンを納得させようとするが……

「ぬいぐるみなんてやなの！　ほしいのだ～……」

ビビアンのわがままは止まらない。

「ビビちゃん、ピンクペンギンさんは寒いところしかダメなのですです♡　屋敷だと暑くて死んじゃうんですです」

エルメスがなだめるように言うと、ビビアンもしょんぼりしながら頷いた。

「しんだら、かわいそうなのだ……」

「また見に来ましょうね、ビビ」

シルビアもビビアンを慰《なぐさ》める。

それでもみんな名残惜《なごりお》しいようで、次は男性陣がピンクペンギンにメロメロな女性陣を引っ張っていかなければならなかった。


さらに次のエリアの水球は一際大きく、狂暴な魚として知られるサメーダが泳いでいた。

ジライア達は歓声を上げて近くに駆け寄る。

サメーダは餌の魚が入れられると我先にと食らいついて、強靭《きょうじん》な牙で食いちぎった。

「おぉー！　やっぱり魔法水族館といえばこれですな！」

ビッケルは嬉しそうだ。

「野蛮《やばん》ですわ」

可愛いものが好きで慈悲《じひ》深いリリーは喜ぶ男達を冷たい目で見ている。

「まぁまぁ、さぁ、次に行こうか」


次は水槽の周りに柵があり、それ以上は近づけなかった。

一体何がいるんだろうか……？

「あっ、電撃クラゲです！　強力な電撃を敵に浴びせるんですよ！　一応安全のために柵があるんでしょうね」

「カッコいいぞ！」

物知り博士のサクが説明すると、クレオは大はしゃぎしていた。

魔法水族館と言えば三日月イルカのショーだが、ショーまで一時間ほど時間があったので、電撃クラゲを見たあとは館内のレストランで昼食をとる事にした。

魔法水族館のレストランのメニューには、魚料理がいくつもあった。

綺麗、可愛いと思って見ていただけに、少し食べにくい気もしたが、美味しかったのでまぁ良いだろう。


そして、いよいよ三日月イルカのショーが始まろうとしていた。

俺達は最前列の席だ。

まずカッコいいお兄さんが飛び込み、三日月イルカの背に乗ってプールをハイスピードで回り始める。

それから、お兄さんはプールサイドに上がると、特殊な笛で音を鳴らした。

すると、何匹もの三日月イルカが右から左からバク宙を決めていく。

俺達は拍手喝采を送った。

そして、いよいよ最後は三日月イルカの大ジャンプだ。

かなり高めに設定されたボールに向かって三日月イルカが水面から飛び上がるのだ。

「がんばるのだー!」

「がんばるんだぞ!」

ビビアンとクレオが応援する。

観客達の注目が集まる中、三日月イルカは助走をつけて大ジャンプした。

ボールに顔を当てて、水しぶきを上げながらプールに戻る。

俺達はその水しぶきでびしょ濡れになりつつも、大きな拍手を送った。

そのあとは巨体セイウチやモヒカンアシカなどが可愛いらしい芸をして、みんなを盛り上げた。

そうして、ほとんどの魚を見終えた俺達は、最後のお楽しみである、お土産屋さんに入った。

コップやペンやタオルなど、色々なグッズが置いてあるのでかなり迷ったが、俺は三日月イルカのTシャツとサメーダのベルトを買った。

ビビアンはピンクペンギンのぬいぐるみだ。

みんな、たくさんの手提《てさ》げ袋を持ち、楽しかった魔法水族館をあとにしたのだった。

◇◇◇

それからまたいつもの日常が始まった……

と、思っていた。

朝、みんなが仕事に向かうのを見届けて刀鍛冶の蔵に行こうとすると、ガオガオーに変身したクレオがやってきた。

「エイシャル、馬に人がのってるぞ！　門の前だぞ！」

クレオはそう言って俺の腕を引っ張った。

またかよ……って思うのも何度目だろうか。

俺は戸口の覗き穴から外を見る。

そこには、ビリティ国の鎧《よろい》を着た騎士がいた。

俺は仕方なく戸口から出た。

「おぉ、制王様！　良かった。私、初めてここに来るものでたどり着けるかどうか……いやいや、それよりも！　ビリティ王から伝言がございます。明日の十三時にビリティ城にてお待ちします、との事です！」

騎士の言葉を聞いて、俺は露骨《ろこつ》に嫌な顔をしてみせる。

「うーん、面倒くさいなぁ」

「そうおっしゃらずに……何卒」

「わかったよ、行けば良いんだろ。はぁ……」

ビリティ国の騎士は何度も頭を下げて帰っていった。

今度は一体なんだろう？


俺は次の日、時間通りにビリティ城に向かった。

モグに乗っていったが、他の国と同じようにそれを見て驚くビリティ兵は一人もいない。

顔パスで、ビリティ王の書斎に通された俺は、扉をノックして入った。

「失礼します。エイシャルです」

「おぉ！　制王様！　お待ちしておりました……！　ささ、おかけになってください！」

ビリティ王がそう言うので、俺はソファに座った。

「今度は一体なんのご用ですか？」

「いやいや、それが……今回の頼み事は、少し今までと毛色が違うと言いますか……」

ビリティ王は意味深に言うので、俺はきょとんとする。

「は？」

「つまり、今回の頼み事は、ビリティだけではなく、ガルディア、サイネル、ローズフリーの四ヵ国からの依頼だと思ってください。今回は私が代表して制王様にお尋ねするという事でして……」

「はぁ……四ヵ国からの依頼ですか？　一体どんなものなのですか？」

俺が尋ねると、ビリティ王は答える。

「制王様や牙狼団、ひいては新魔王アンドラは、いずれもう一人の魔王であるサイコの軍団と戦う運命にあります。そして、それは国をも巻き込む大きな戦いとなるでしょう。私達は、その戦いには人材の育成が急務だと思ったのです」

「人材の育成……」

ビリティ王の言葉を反芻する。

どうも要点が良くわからない。

「つまり、制王様に頼みたいのは、人材を育成する場を作る事。『スキル学園』での指導に当たっていただきたいのです」

「『スキル学園』!?　しかも、指導ってなんですか!?」

「その名の通り、優れたスキルを持つ者を集め、サイコとの最終戦に向けて人材を育成する学園の事ですよ」

ビリティ王は説明するが、何をやるのかは名前を聞けば大体理解できる。

「いや、それはわかりますが……なぜ、俺が？」

俺の質問に、ビリティ王は笑顔で答える。

「制王様は素晴らしいスキルをたくさんお持ちです。まさに、神に愛されしスキル王です。スキル学園では、生産系のスキルを持つ者も広く入園させようと思っています。まあさすがに制王様のような『生産者』の職業を持った者はいませんが……それでも、制王様がスキル学園の指導者に適任かと思います！」

「そんな事言ったって……どんなクラスを作るとか、そういった案はないんですか？」

もうやらされる事は目に見えているので、俺は呆れながらも尋ねた。

「全て制王様の御心のままに。しかし、これは四ヵ国の未来を左右する大切な案件である事もお忘れなく……」

「どうせ、嫌だと言っても聞き入れてはくれないんでしょう？」

「制王様しかおりませんので……」

ビリティ王は念を押す。

「はぁ……」

俺はため息を吐き、この頼み事を承諾した。

またしても暗い気持ちで辺境の屋敷に帰る事になった。

帰宅すると、部屋にこもってスキル学園のクラス編制を考え始めた。
うーん、生産系のスキルは俺が一手に講師を引き受けるとして……
ギルド組の力が必要だな。

【スキル学園クラス編成】

A　生産スキルクラス

1：採取系　（エイシャル）

2：加工系　（エイシャル）

3：学術系　（サク）

B　魔法スキルクラス

1：火・炎　（）

2：水（）

3：風　（アイシス）

4：土（）

5：雷（）

6：氷（フレイディア、サシャ）
7：光（ネレ）
8：闇（ネレ）

C　武術スキルクラス
1：剣術（アイシス、ジライア、サク）
2：体術（）
3：鎌術（ダリア）
4：槍術（）
5：斧術（）
6：盾術（）
7：弓術（サシャ、ニーナ）

こんな感じか？

かっこの中に名前が入っているメンバーに講師をしてもらうつもりなのだが、名前が入っていないところがあるので、講師を集めなくてはならない。

講師を引き受けてくれそうなやつがいる場所と言えば、一つしか思い当たらなかった。

そう、牙狼団だ。

あそこなら、雷や槍使いなどの優秀な戦士がそろっているはずだ。

明日行ってみるか。

◇　◇　◇

俺は夕食の席で、スキル学園の指導を請け負った事、みんなにも講師として協力してほしい事を伝えた。

「エイシャル、まぁたそんな面倒くさい事、引き受けちゃったの？」

「いやいや、エイシャル殿がやらなくては国が回らないのですよ。ねぇ、エイシャル殿？」

サシャが呆れたように言うと、ビッケルがフォローしてくれた。

「うーん、そうだな。まぁ、できる事は協力するさ」

俺が苦笑していると、ダリアが眉を顰めて口を開く。

「その講師って毎日行かないといけないわけぇ？　ギルドの仕事もあるし、毎日は無理よぉ？」

「いや、もちろん週一回か、二週間に一回くらいにする予定だよ」

「それなら、やるか」

アイシスが言って、みんなが頷いた。

メンバーの承諾を得た俺は、次の日、牙狼団の訓練所に向かった。

軍事テントが立ち並ぶ訓練所に着くと、俺はフェンリルのミュパから降りた。

「よぉ、エイシャル……」

ゲオが俺のところにゆっくりと歩いてくる。

「久しぶりだな、ゲオ。ちょっと話があるんだけど、時間あるか？」

「あぁ……三十分後には牙狼所の視察に出発するが、それまでなら……」

「十分だよ」

俺達はゲオ専用のテントに入り、パイプ椅子に腰かけた。

前日に作っていたスキル学園のクラス編制の紙をゲオに渡す。

「これは……？」

ゲオが紙を見て不思議そうに尋ねてくる。

「アルガス大陸の四ヵ国で建てるスキル学園のクラス編制の原案だよ」

俺がビリティ王から受けた話を伝えると、ゲオは興味深そうに頷いた。

「へぇ？」

「なんでも、サイコとの戦いに向けて人材を育成したいらしい」

「ふん」

ゲオは俺の説明にそれだけ言うと、クラス編制の紙を俺に返した。

「もう察しはついてると思うけど、かっこの中が空欄の箇所の講師を探しているんだよ。週に一度、いや、二週に一度でいいから、牙狼団の中から出してもらえないか？」

「面倒くさいな……こっちはこっちで忙しいんだよ。まぁでも二週に一度なら、なんとか集めてみるか……」

ゲオは本当に面倒くさそうにそう言った。

「助かるよ、ゲオ。そういや、この間たまたまお前が出てるテレビ見たぞ。街を襲うモンスターは一体どこから来てるんだ？　やっぱり闇落ちパーティか？」

俺が尋ねると、ゲオは首を横に振る。

「まだなんとも言えないな……まぁでも、その線が強いだろう。その話はまだ一般人にはしないでくれ。余計な混乱を招きたくないんだ」

ゲオはかなり慎重になっているようだ。

「そうか、わかったよ」

「エイシャル、お前、鈍《なま》ってるように見えるが、ちゃんと訓練してるのか？　お前がなまくらじゃ、話にならないぞ。最終戦はもう目の前だ」

「……わかってるよ。ただ、俺も忙しいんだ」

「サイコは自分についた魔族を強力な血魔法で強化している。たぶん、対峙する時には、魔族は化け物になっていると思って良いだろう」

ゲオの推測を聞いて、俺は真剣な顔になる。

「化け物か……覚悟しとくよ。とりあえず今日はありがとうな」

俺はそう言って牙狼団の訓練所を出た。

あとは、『大工』スキルで学園の設計図を書いて、大工さん達に渡すだけだ。

さすがに建設費は四ヵ国が出すんだろうし。


俺はクラス編制と講師を記載した紙と設計図を持ってビリティ城を訪れた。

「おぉ、制王様！　ありがとうございます！　これで私も枕を高くして眠れます！　しかし、素晴らしいクラス編制と設計図ですな！」

通された部屋でビリティ王にもろもろ渡すと、彼は感激したように言った。

「えぇ、苦労しましたよ。あとはビリティ王はじめ、各国による宣伝と人材集めが要《かなめ》です。よろしくお願いしますよ？」

ここまで頑張っても、生徒が集まらなきゃ意味がないからな。

「えぇ、えぇ！　お任せください。あ、制王様、ワインで乾杯でも？」

「いやいや、結構です。失礼しますね」

やっとビリティ王の頼みを片付けた俺は、報酬として金貨百枚をもらうと、辺境の屋敷への帰路に就いた。

屋敷に帰ると、リビングからは夕飯のいい香りがしていた。

今日のメニューは、大葉たっぷりの豚肉の生姜焼き、ニンジン、ダイコン、チクワの煮物、ユズとカブの浅漬け、カボチャのミルクスープだった。

ワイワイと夕食を食べながら話す。

「みんな、ギルド組も稼いでいるし、給料アップしようと思うんだ。金貨一枚から金貨三枚でどうだ？」

俺の提案を聞いたみんなから歓声が上がった。

そして、夜は更けていく……

◇◇◇

その日、いつも通りスケジュールボードをかけて、みんなは仕事に向かった。

俺は『栽培』レベル16が解放されていたので、畑に足を運ぶ。

さてさて、今度は何ができるのだろうか？

「楽しみですな！」

ビッケルとラボルドが見守る中、俺は『栽培』のスキルを発動した。

すると、ヒョロヒョロとした稲に似た作物ができた。

「なんだ、これ？」

「これは……!?　小麦ではないですか!?」

不思議がる俺の横で、ビッケルが言った。

「それにしちゃあ、貧弱だなぁ？」

「きっと、小麦畑がないからでありますよ！」

ラボルドが口を挟む。

「そっか、小麦畑を作らなきゃいけないのか！」

「せっかくですから、明日みんなで作ってはどうですかな？」

ビッケルの提案に、俺とラボルドは頷いた。

「いいね、そうしよう」

というわけで、翌日はみんな休みにして、小麦畑を作る事にした。

◇　◇　◇

翌日——

みんなに農作業する格好に着替えてもらい、準備をする。

「小麦畑なんて楽しみだわ」

サシャは鍬《くわ》を持ってうきうきした様子だ。

「ビビ、あんぱんが食べたいのだ！」

「オレさまメロンパン！」

モンペ姿のビビアンとクレオも楽しそうにしている。

どうでも良いが、お子様達は食べる事ばかりのようだ。

俺は手を挙げて、みんなの視線をこちらに向けさせる。

「それじゃ、手順を言うからしっかり聞いてくれよ。最初に土を耕す。次に堆肥《たいひ》、苦土石灰《くどせっかい》を撒《ま》く、そして土の中に空気を入れ、畝《うね》を作る。最後に俺のスキル発動だ。みんなには、畝を作るところまでを協力してやってもらうからな！」

「「「「はーい！」」」」


小麦畑を作る予定の場所にぞろぞろと出てきた。

「まず、何するんでやすか？」

おいおい、話聞いてなかったのかよ、シャオ。

「土を耕すんだって。深さは十センチメートルくらいで良いらしい。男ども、やるぞ！」

「「「「オォー！」」」」

男性陣はみんな、鍬を持って畑を耕し始めた。

「はっはっはっ！　サクさん、腰が入っておりませんぞ！　こう、もっとこうやってですな……！」

いつも畑を管理しているビッケルがサク達に指導する。

たまにはみんなで畑仕事も良いもんだな。

人数をかけたので、あっという間に耕し終わった。

「次は堆肥を撒くぞ。そのあとに苦土石灰だな」

俺の言葉を聞いて、男どもが堆肥を運んでくる。

「たいひ、くさいのだー！」

ビビアンが鼻をつまんで畑の周りを駆け回る。

クレオも真似して遊んでいるので、俺は一喝《いっかつ》する。

「ビビ、クレオ！　パン抜き！」

「ひどいのだー！」

「エイシャル、おにー！」

二人は渋々堆肥を撒き始めた。

堆肥と苦土石灰を撒き終わり、アイシスの風魔法で土の中に空気を入れ込んだところで、リリーがお弁当箱を広げた。

「おにぎりと卵焼きと唐揚げを作ってきましたわ。お昼にしましょう。みんな手と腕だけ洗ってきてくださいな」

そうして、小麦畑の側でみんなでお弁当をつつく。

「おにぎり、ツナマヨある？」

ビビアンが尋ねると、リリーが皿におにぎりを置いた。

「ツナマヨはこれですわよ」

「最近の子はツナマヨですか。私はやっぱり梅干しとおかかで育ちましたがねぇ」

「古っ！」

ビッケルの言葉を聞いたサシャが容赦ない一言を放った。

「まぁまぁ、おにぎりの具なんて人それぞれですよ」

「そう言うサクはおにぎり何派なの？」

シルビアの質問に、サクは即答する。

「カルビマヨですね！」

「そんなのあるの……？」

ネレが微妙そうな表情を浮かべて言った。

「米に合うものだったら、なんでもおにぎりの具になるんじゃないかな？　よし、食べたメンバーから、畝作るぞー！」

　俺は手を払ってみんなに声をかけた。


昼食後、みんなで協力して畝を作った。

そして次が、小麦畑を作るうえで最後の作業だ。

ダリアが手を挙げて言う。

「おっけぇ。できたわよぉ！」

「いよいよ、エイシャルさんのスキルの発動なのですね！」

ステイシーは生産スキルを初めて見るらしく、ワクワクしているようだ。

俺は土に手を当ててスキルを発動する。

すると、畑一面に金色の小麦ができた。

「よっし。できたぞー！」

「「「「おぉー！」」」」

みんなが歓声を上げ、拍手した。

早速育った小麦を収穫して、みんなで小麦粉を精粉する。

明日はみんなでパン作りをする事になった。

◇　◇　◇

次の日、スケジュールボードがなくなっている事に気付いた。

リビングに行って探そうとしたら、家事組がスケジュールボードに何かを書いていた。

「なんだ、シルビア達が持っていったのか。何を書いているんだ？」

俺が尋ねると、リリーが答える。

「今日のパン作りのチーム分けですわ」

「チーム？」

「全員そろったら発表するですです♡」

エルメスが口に人差し指を当てて言い、ステイシーはすまなそうな表情を浮かべる。

「まだ秘密なんです、申し訳ございません！」

「いや、別に良いけど……まぁ、楽しみにしとくよ」

俺はそう言って洗面所に向かった。


それから三十分ほどして、みんながリビングにそろった。

シルビアがスケジュールボードを壁にかけた。

【パン作りチーム分け】
A　クロワッサンチーム：指導シルビア
　ロード、ラボルド、アイシス、サク、ヘスティア
B　メロンパンチーム：指導リリー
　シャオ、ルイス、サシャ、ダリア、フレイディア
C　カレーパンチーム：指導エルメス
　ビビアン、マルク、ネレ、ニーナ
D　クリームパンチーム：指導ステイシー
　ビッケル、エイシャル、ジライア、クレオ

「チーム変更はできませんけど、それぞれのパンを全員分作るので、問題ありませんわよね？」

リリーが確認すると、みんなは頷いた。

そうして、パン作りが始まった。

俺はステイシーのクリームパンチームだ。

「では、みな様、恐縮ですが私が指導させていただきます……！」

ステイシーが挨拶する。

「よろしくお願いしますよ！」

「ステイシー、そんなにかしこまらなくて大丈夫だよ」

ビッケルと俺が口々に言った。

その時、ふと横を見ると、クレオが頭から小麦粉をかぶっていた。

「わーい、お化けだぞー！」

クレオはビビアンを追いかけ回している。

床にクレオの足跡がついていく。

そして、よく見るとビビアンの顔も真っ白だった。

「お化粧したのだ！　リリーみたいになった!?」

「ビビアン！　クレオ！」

俺は二人の襟首《えりくび》を掴まえて、風呂場に引っ張っていく。

「お風呂入って小麦粉落とさないと、パンは作れません！」

「「エイシャル、おにー！」」

俺を見上げた二人は口をそろえた。

「あっ、今の一言で今日の昼ご飯も抜きだぞ。今日は焼きたてのパンだと言ってたなぁ。美味しいだろうなぁ」

「ビビ、お風呂入る……」

「オレさまも……」

二人は大人しくお風呂に入った。

全く、目が離せないな。


そんなハプニングがありながらもパン作りはなんとか進んでいった。

「あぁ！　ロード、ダメよ！　砂糖と塩間違えてるじゃないの！」

シルビアが慌ててロードの作業を止める。

いつも家事をしない男達はパン作りに苦戦しているようだ。

「水入れすぎですわよ、ルイスさん！」

「うーん、難しいですね……」

ルイスもリリーに注意されている。手間取っているようだ。

「できましたよ！」

ジライアが手を払いながら言った。

生地が完成したようだ。

「では、エイシャルさん、『発酵』のスキルでパン生地を発酵させていただいてよろしいですか？」

ステイシーに頼まれ、俺は頷いた。

「あぁ、任せてよ」

俺がスキルを発動すると、発酵したもちもちのパン生地があっという間にできた。

俺達はクリームパンチームなので、カスタードを載せて、パン生地を閉じる。

あとは焼くだけだ。


一時間後――

全てのパンが焼き上がり、俺達は出来立てのパンをお昼ご飯に食べた。

クロワッサンも、メロンパンも、カレーパンも、そしてクリームパンもふわふわでパンが甘く、とても美味しかった。

「パン……美味い……」

ロードはクロワッサンがお気に入りのようだ。

「たまにはいいねっ！　みんなでパン作りもっ！」

ニーナがメロンパンを頬張りながら言った。

「あぁ、楽しかったよな。また休みの日にやろう！」

そう言う俺も大満足だった。

というわけで、パン作りは大成功で幕を閉じた。

◇◇◇

その日、俺がスケジュールボードをいつものようにかけると、みんなはそれぞれ自分の仕事に向かった。

俺はいずれ始まるであろうサイコとの戦いに備えて、愛剣の魔死神剣《まししんけん》を刀鍛冶で鍛え上げる事にした。

魔死神剣を刀鍛冶の蔵に持っていき、久しぶりに『刀鍛冶』スキルの『錬成』を使う。

『錬成』はアイテムを使って武器や防具にアイテムの能力を付与する力だ。

さて、どのアイテムとかけ合わせるか……？

刀鍛冶の蔵には、超レアアイテムがそろっている。

魔死神剣は死を司《つかさど》り、属性は炎。

氷は相性が悪いし……

爆音の玉と魔法ハーモニカを組み合わせてみたらどうだ？

音に関する効果がつけば攻撃の幅も広がるはずだ。

よし、やってみよう。

そう思って刀鍛冶の蔵の壁にある棚を見渡した。

確かあの棚の三段目にあったはず……

あれ？　ないぞ！

おかしいな、確かにあそこに……

刀鍛冶の蔵の中をくまなく探したが、爆音の玉と魔法ハーモニカはどこにもなかった。


困った俺は、とりあえずシルビア達に二つのアイテムを見ていないか聞いてみる事にした。

「なぁ、シルビア。俺の刀鍛冶の蔵にあった爆音の玉と魔法ハーモニカ知らないかな？」

「さぁ？　知らないわよね、みんな」

シルビアがリリー達に確認する。

「えぇ、見てませんわね」

リリー以外の家事組も心当たりはないとの事だ。

「そうか、ありがとう。もし見かけたら教えてくれ」

俺は礼を言って、キッチンをあとにした。

困ったなぁ、一体どこにいったんだろう？


今度は畑作業をしているビッケルのところに行ってみた。

「さぁ？　見てませんなぁ？」

「自分も見てないであります！」

ラボルドも果樹園からそう言ってきた。

うーん……そうか。

次に俺はシャオとロードに聞きに行った。

「知らない……」

ロードは首を横に振ったが、シャオは何か思い出したようで……

「そういえば、クレオが玉みたいなものを持ってましたぜ？」

「クレオか！　ありがとうシャオ」


俺がワクワク子供部屋に向かうと、何かが爆発するような音が聞こえてきた。

クレオが塀に爆音の玉を投げつけて遊んでいたのだ。

「クレオー！　それはおもちゃじゃないぞ！」

「オレさまのぶきだぞ！」

クレオは自慢げに爆音の玉を俺に見せて言った。

「刀鍛冶の蔵から取ったんだろ!?　ダメだ、返しなさい！」

「オレさまのが～！」

そう言って爆音の玉を取り上げると、クレオは泣き出してしまった。

「ほら、プチ爆発の玉をあげるから。人に向かって投げちゃダメだぞ？」

「……うん、グスッ……」

クレオはプチ爆発の玉を大切そうに持っていった。

「あとは魔法ハーモニカか……こうなると、怪しいのは一人だな」

俺はワクワク子供部屋の中に入った。

案の定、ビビアンがアイテムを使って下手くそなハーモニカを吹いている。

「ビビアン、それ大事なものだから！」

「ビビが吹いてるのー！」

「ダメダメ、返しなさい！」

俺は走り回るビビアンを追いかける。

そして、とうとう魔法ハーモニカを取り上げた。

盛大に泣き始めるビビアン。クレオと全く同じ反応だな。

「ビビ、普通のハーモニカあげるから」

「……うん」

なんとかビビアンを説得して、俺は刀鍛冶の蔵に戻った。

さてと、魔死神剣にこの二つのアイテムの効果を付与するか。

アイテムを使用し、スキルを発動すると……

魔音死神剣《まおんししんけん》ができた。

俺はすぐに『観察』のスキルを発動して魔音死神剣の説明を読んだ。


音、死、炎の属性を持つ剣。

音属性の必殺技として、ソニックボルト、ソニックウェーブがある。

死属性の必殺技として、死神を召喚できる。

炎属性の必殺技として、炎神を召喚できる。

三つの属性を同時に使用すると、究極の必殺技が現れる……かも？


「おぉ！　凄い剣ができたぞ」

これで、サイコともなんとか戦えるかもしれない。

そうして、久しぶりの刀鍛冶は無事に終わったのだった。

◇　◇　◇

その日、俺は久しぶりにギルド組に入る事にした。

魔音死神剣の威力を試したかったのもあるし、純粋にダンジョンでレベルアップしたかった。

それもこれも、サイコとの最終戦のためだ。

今回一緒に行く組には、ジライア、ネレ、サク、フレイディア、ビビアンがいる。ちなみにビビアンやクレオは子供だが、アイテムで変身すると下手したら俺より強い。

「今日は大変なダンジョンに行きますよ。みんな覚悟しておいてください。ビビも」

ジライアがそう言った。

はて、大変なダンジョンとはどこだろうか？

そうは思ったが、とりあえずついていく事にした。

俺達はウォルルの背中に、ビビアンはミニミニミニドラゴンのリリアに乗って空を飛んだ。


ローズフリー国まで飛んで到着したのは――

ダンジョン・スーパーゴリラの森だ。

「いいですか、みんな！　『月』と言ったら『太陽』ですぞ⁉」

リーダーのジライアが確認する。

しかし、そのセリフ、道中二十回くらい聞いたよ……

『ジライア、耳タコよ』

フレイディアが眉を顰めて言った。

ジライアがなぜ、こんなにも合言葉を徹底しているのか？

その理由は、スーパーゴリラの森のモンスターゴリラ達の特性にあった。

しかし、そんな事を考えるより早く、ビビアンがプリティアの格好で、「来たのだ！」と指を差して報告した。

スーパーゴリラが三体現れた。

だが、戦いが始まると、そのゴリラ達は唐突にいなくなった。

いや、厳密には変身したのだ。

俺達の仲間の誰かに。

そう、このゴリラはモノマネゴリラと言い、戦士達の仲間に変身して、混乱させて攻撃するという、凄く面倒くさい特性を持つのだ。

よく見るとビビアンが二人、ジライアが二人、ネレが二人いる。

「月！」

「「「太陽！」」」

三人が同時に合言葉を言い、なんとかモノマネゴリラと見分けるが、少しでも動くとわけがわからなくなる。

合言葉の意味あるのか、コレ……？

俺はモノマネゴリラだとわかっていても、ビビアンにはどうしても攻撃する事ができず、ジライアを斬りつけた。

「イタタタタ！　私は本物ですよ！　エイシャル様！」

「おぉ、悪い、ジライア！」

まっ、そういう事もあるよね！

相手がジライアだと罪悪感も少ない。

そんなこんなで悪戦苦闘しながら、俺達はスーパーゴリラを倒しつつ森を進んでいった。


次に出てきたのは、お笑いゴリラだ。

お笑いゴリラは面白くもないギャグを言うが、なぜか必ず爆笑させられて、その隙《すき》に攻撃してくるというこれまた厄介なモンスターだ。

「ウッホ！　布団がふっとんだ！」

面白くねー！

と思いながらも、腹を抱えて爆笑してしまう俺。

『何ヘラヘラ笑ってるのよ!』

フレイディアが怒る。

いや、不可抗力だろ、コレ……

「あれれ？　誰も電話にデンワ!」

お笑いゴリラが再びつまらないギャグを飛ばす。

『あーっはっはっはっ!』

笑い転げるフレイディア。

おいおい、ヘラヘラ笑うなってさっき言ってたよな？

俺は不満に思いながらゲラゲラ笑う。

まさにカオスだ。

なんとか腹を押さえながら、俺達はお笑いゴリラを倒した。

しかし、さらなる強敵が俺達を待っていた。


先に進むと、現れたのは悪口ゴリラだ。

もう察しがつくとは思うが、このゴリラ、悪口を言いまくる。

しかも、それが微妙に当たっているので、言われた本人は辛いが、周りは面白いのだ。

「ネレのペチャパイ!」

悪口ゴリラが早速放った悪口に、俺とジライアは笑いを堪《こら》える。

「笑った⁉」

ネレが凄い形相でこちらを見てくるので、俺達は慌てて誤魔化《ごまか》す。

「い、いや、笑ってないよ！　なぁ、ジライア⁉」

「エイシャル様はともかく、私は笑ってませんけど！」

ジライアが裏切った。

超険悪になって、チームとしての足並みがそろわない。

「ペチャパイってなんなのだ？」

ビビアンが小首を傾げる。

「ペチャンコのパイナップルだよ、ビビアン」

「誰がペチャンコ⁉」

適当に答えたのだが、ネレの怒りに油を注いでしまったようだ。

そんなこんなで、俺達はビビアン以外は傷だらけ（モンスターによるものではない）になりながらダンジョンを進んだ。

最悪のダンジョンだな、こりゃ……

そして、いよいよボス戦が近づいてきた。

「いいですか、みんな。よく聞いてください。ボス戦は今までのゴリラ達が勢ぞろいするうえに、ボスゴリラがいるようで、ボスゴリラの能力は不明です。きっと厄介なものでしょう。でも、ここをクリアしたら終わり。みんなで力を合わせて頑張りましょう！　合言葉は……」

ジライアが言いかけると……

『もう合言葉は良いわ。役に立たないから』

フレイディアがばっさり切った。

俺達はポーションで回復すると、ボス戦のエリアに向かった。


ボス戦の地に足を踏み入れると、モノマネゴリラが二体、お笑いゴリラが三体、悪口ゴリラが一体、そしてボスゴリラがいた。

時間をかけまいと、全員最初から必殺技を連発する。

その甲斐あってか、モノマネゴリラ達を倒し、あっという間に残るはボスゴリラだけになった。

「あと一匹だ。みんな、頑張ろう！」

俺はそう声をかける。

ビビアンがボスゴリラに向けて、メロディスティックから炎の魔法を放とうとする。

しかし――

ビビアンが急に倒れた。

「ビビ！　どうしたんだ⁉」

「くっさいのだ～……！　お鼻がひん曲がるの～！」

どうやら、ボスゴリラから強烈な臭いが漂ってきているみたいだ。

これは……オナラゴリラか！

ぐっ……臭いっていう次元を超えている。

息もできない。

俺は朦朧《もうろう》としながらも渾身《こんしん》の力で新必殺技のソニックボルトを放った。

ジライア達もそれぞれ息を止めながら、集中的に必殺技を放ち、なんとかボスのオナラゴリラを倒す事に成功した。

『はぁ～、臭かった……』

フレイディアが呟いた。

氷竜のフレイディアは嗅覚《きゅうかく》が人よりも優れているので、大変だったようだ。

「しかし、帰り道でも悪口ゴリラやお笑いゴリラ、モノマネゴリラに会うと思うと、やってられませんなぁ」

ジライアがうんざりしたように言った。

全く同意見だ。

「ん？　ウォルルとリリアをここに呼んだらどうだろう？　もうダンジョンは制覇しているんだし、

わざわざ真面目に戦いながら帰る事はない気がする」

俺の意見にみんなが頷いたので、ダメ元で口笛を吹いてみた。

すると、天からウォルルとリリアが舞い降りた。

良かった、これで帰りは楽できそうだ。


「あっ、エイシャル、卵があるのだ！」

ビビアンが帰り際にモンスターの卵を見つけた。

「おっ、良かったな、ビビアン」

「悪口ゴリラが生まれるんじゃないの……？」

いつもぼそっと一言で話すネレが珍しく長文を喋った。

よほどあの悪口が効いていたんだな。

「まぁまぁ、とにかく屋敷に帰ろう」

そして、俺達はウォルルとリリアに乗って屋敷への帰路に就いた。

みんな疲れ切っていたのは言うまでもない。

もう二度とスーパーゴリラの森には行かない！　と、口々に言っていた。


帰り着くと、風呂に入って夕飯を食べた。

メニューは豚丼と小松菜とコーンの煮物、ダイコンの塩昆布和え、卵スープだった。

牛丼が良かったなとか思ったけど、豚も中々旨味が出ていて美味い。

小松菜とコーンの煮物はコクがある中に、コーンのプチプチとした食感がいい感じだった。

「今日のね、ゴリラは大変だったの！」

ビビアンが牛乳を飲みながらみんなに話す。

「まぁ、どんな風に大変でしたの？」

「オナラプー！　なの！」

リリーの質問に、ビビアンがざっくりした答えを返した。

ダリアが首を傾げる。

「それじゃわからないわよぉ」

「スーパーゴリラの森に行ったんだよ」

俺が補足すると、ニーナが苦笑した。

「あぁっ！　あの森ねっ……！」

『もう二度と行きたくないわ』

フレイディアが怒りながら、食べ物を凍らせて口に運んでいる。

確かにとんだダンジョン攻略だったな……

そんなこんなで賑やかな夕食も終わり、俺達はそれぞれ夜の時間を楽しむと眠りについた。

◇　◇　◇

翌朝——

スケジュールボードをかけようとすると、ビビアンが見つけたモンスターの卵が割れた。

現れたのは……

真っ赤な毛並みのグリフォンだ。

「グリオが生まれたのだー！」

ビビアンが早速名前をつけたようだ。

グリオはみんなのアイドルになって、リビングを軽く飛び回っている。

そして、今日も一日が始まるのだった。

◇　◇　◇

俺——ダルマスは、兄のエイシャルの辺境の屋敷を襲撃し、返り討ちにあってからというもの散々だった。
貴族位がなくなったのはもちろん、ガルディア王国からも追われ、アルガス大陸の他の国でもヤ

ンバル大陸でも仕事はほとんどなかった。

それこそ、道端の草を食うような生活を送っていた。

現在、俺と父と母の三人は、ある船をジャックし、ルーファス大陸に向かっていた。

目的は魔王サイコに取り入る事だ。

今やアルガス大陸の制王となったエイシャルの情報を持っていけば、サイコは必ず俺達の作戦に乗ってくる。

そういう確信があった。

そして、俺達は闇落ちする覚悟をしていた。

人間の大陸で迫害されるならば、狂戦士となっても生きていく道を選んだのだ。

ルーファス大陸に着くと、魔族であるダークエルフに出会い、俺達の身の上と魔族側につく事を話した。

ダークエルフは半分疑わしい目を向けながらも、闇落ちすると言われればサイコの元へ連れていかないわけにはいかないらしい。

魔王城に連れてこられた俺達は、新たに闇落ちするパーティとともに雑魚寝部屋に入れられた。

今はこうだが、エイシャルを討ち、俺達の名声が上がれば……

いずれ豪勢な部屋で高笑いしながら暮らしてみせる。

そう復讐の炎を燃やしていた。

次の日、魔王の間にパーティごとに呼ばれた。戻ってきたパーティはみな、どす黒い顔に髪を逆立てていた。

目つきに凶暴さが表れており、闇落ちした事がすぐにわかった。

俺、父、母は魔王の間に呼ばれると、エイシャルの事をサイコに告げた。

「……ふむ。なるほどな」

「はい、その通りでございます。魔王様。私達にエイシャルを抹殺《まっさつ》する良い作戦がございます。何卒、お力をお貸しいただければ……」

俺達は平伏しながら、そう言った。

「……必ず殺せると誓うか？」

サイコは目を見開いて尋ねてきた。

あの血走った目は……魔族の力を自身に融合《ゆうごう》させているぞ。

すぐにそう気付いたが、今さらあと戻りはできなかった。

「はい、必ずエイシャルの首を持って参ります」

俺は言った。

父と母も大きく頷いた。

そうして、俺達は闇落ちした。
血走った目に、逆立つ髪の毛、どす黒い顔。
最初こそ戸惑ったが、魔族の力を手に入れた証《あかし》なのだ。
そう自分達に言い聞かせた。
俺達には魔族五十体の戦力が与えられた。
これで、エイシャルを抹殺できる。
いや、してみせる。
「ダルマス、あなただけでも……平和に暮らしてほしかったわ……」
母のイリーナがそう言った。
「落ちる時はともに……」
俺はそう答え、父と母と手を握り合った。
その時、父レオニスと母イリーナの覚悟を、俺はまだ知らなかった。

◇◇◇

その日、いつも通りの朝を迎えた俺はスケジュールボードをかけて、みんなに見るように呼びかける。

そんな時だった。

突如、爆音がしたかと思うと、刀鍛冶の蔵の方から火が上がっているのが見えた。

「な、なんだ⁉」

『大砲が飛んできている！　あっちの方角から……！』

「みんな、屋敷から出るんだ！　大砲で建物が崩れ落ちますぞ！」

フレイディアとジライアが言い、俺達は朝ご飯を放り投げて屋敷の外に出た。

すると、またしても大砲が飛んできてビビアン達の屋根裏部屋を掠《かす》めた。

「マルク、大砲から逃げられるようにモンスターを牧場から放つんだ！　敷地組と家事組、お子様組は安全な場所まで逃げてくれ！　ギルド組とモンスターとゴーレムはフレイディアが指した方角に向かうんだ！」

俺は素早く指示を出すと、みんなはそれに従って動いた。

俺達がフレイディアが指した方角に走っている間にも、向こうから見えているのか、砲撃が的確にこちらを狙ってくる。

『コールドウォール』

フレイディアが走りながら、俺達の周りにバリアを張り、なんとか砲弾の直撃を避ける事ができた。

走る事五分……

敷地の外に出て少し行ったところには、巨大なミサイル基地のような建物が作られていた。

「おいおいおい……魔法ミサイルだと？　あんなもの撃ち込まれたら、屋敷が吹き飛ぶぞ！」

「どうするのさ⁉　エイシャル⁉」

ミュパに乗ったサシャが聞いてくる。

「サクとフレイディアはミサイルを止めるために、最深部に潜り込んでくれ！　俺達は二人を援護しつつ、敵を止める！」

俺はすぐにそう判断した。

その間にも基地からはダークエルフやワーウルフなどの魔族がぞろぞろと出てきている。

「みんな、行くぞ！」

俺は竜化したヘスティアに乗って、ダークエルフやワーウルフに攻撃を繰り出す。

ジライアはゼブラペガサスのしま子に乗り、剣を縦横無尽《じゅうおうむじん》に振り回して敵を薙《な》ぎ倒している。

サシャはミュパを操り、ブラックウルフを噛み殺した。

ヘスティアが最大級のマグマを放ち、発射寸前のミサイルを溶かした。

間一髪だ……！

「今だ！　行け、サク、フレイディア！」

そう叫んで二人を基地に向かわせた。

俺達も基地に入ろうとするが——

ダークドラゴンに乗ったダルマスが現れた。

だが、いくら久しぶりに会ったからといって、それが普通のダルマスではない事はわかった。

顔はどす黒く、髪は逆立ち、目は血走っている。

「ダルマス……とうとう闇落ちしたか！」

「黙れ、エイシャル！　全てはお前のせいだ！　八つ裂きにしてくれる！」

ダルマスはそう言い、ダークサンダーの魔法を放った。

元々『天雷《てんらい》の剣士《けんし》』という超強力な雷属性を操る剣術使いであるダルマスの腕は確かだったが、闇落ちした事で、やはり格段にパワーが上がっていた。

「俺達の恨みを思い知れぇぇぇぇー！」

ダルマスはダークサンダーを纏った剣を振り回す。

ヘスティアが巧みにダルマスの攻撃を避けるが、避けきれなかった雷撃が俺の頬を掠めた。

だがそれよりも、ダルマスが「俺達」と言った事が気になる。

まさか、レオニスとイリーナも……!?

しかし、俺は目の前のダルマスとの戦いに集中しなくてはならなかった。

魔音死神剣で死神を召喚し、ダルマスに『即死』の能力を使うも、やつは平気な顔をしている。

闇落ちしたやつには、魔音死神剣の力が効かないのか……!?

大きな誤算に、俺は少し怯《ひる》んだ。
『主人、悩んでいる暇はないぞ！　主人がみんなを守らなくて、誰が守るのだ⁉』
ヘスティアの言葉にハッとさせられた俺は魔音死神剣を握り直して、炎神を召喚した。
さらに、ソニックボルトとソニックウェーブを連続で繰り出す。
ダルマスはダークドラゴンで巧みに避けつつも、ソニックボルトが命中した。
「がぁぁぁぁ……！」
その時を俺は逃さなかった。
ヘスティアをダークドラゴンに接近させると、剣でダルマスの右肩を斬りつけた。
ダルマスはダークドラゴンの背から滑《すべ》り、地に落ちていく。
終わった……のか？
そう思った時、一本の矢が俺に向かって飛んできた。
なんとかそれを避けて、ヘスティアに告げる。
「ヘスティア、地面に下りて俺についてきてくれ！」
俺は矢が飛んできた方角に走った。
イリーナが大砲の上に乗り、笑いながら、俺に向かって矢を打ち込んできている。
「おーほっほっほっ！　私達の恨みを晴らさせてもらうわ！」
『主人、ここは任せろ。早くミサイルの発射ボタンを破壊するのだ』

ヘスティアに言われて、俺はサクとフレイディアのあとを追う事にした。

ミサイルの発射操作室の前にはレオニスと対峙するサクとフレイディアがいた。

「来たか！　エイシャルよ、死んでもらう！」

『暗黒騎士』の職業を持つレオニスは真っ黒な剣を引き抜き、俺に向けた。

俺はレオニスを引き受けて、サクとフレイディアをミサイル発射操作室に向かわせた。

「なぁ、エイシャルよ。俺達がどんなにみすぼらしい生活を送っていたか、お前に想像がつくか？　あぁ？　つかないだろう。俺はなぁ……刺し違えてでもお前を殺すと決意したんだ」

レオニスは不気味に笑って、腕時計のボタンを押した。

な、なんだ!?

「時限爆弾だ。時間は……十秒。逃げられまい。あと、五秒、四、三……」

◇　◇　◇

エイシャル様やフレイディア、サクが基地の内部に入ってから十五分ほどが経過しようとしていた。

ミサイルの発射は止められたようだ。

そう思って私――ジライアがダークエルフを斬りつけながら、安堵《あんど》した時……
基地の中から大きな爆発が起きた。
ま……さか……
敵が自爆したのですか⁉
だとしたら、エイシャル様達は……
「エイシャル様！　サク！　フレイディア！」
私は大声で三人の名前を呼んでいた。
しかし、返事はなかった。
周囲の魔族を全て片付けたあとには、沈黙が降りていた。
「あの三人……死んじゃったの……？」
ネレが涙声で言う。
そんな事は信じたくなかった。
だが……
もしも、敵が自爆前提でこの基地を作っていたなら、巻き込まれている可能性は高い。
「と、とにかく探しに行こ……」
そう言ったその時――
基地を巨大な氷が破壊して、そこから竜化したフレイディアが現れた。

「フレイディア！　無事だったのぉ⁉」

ダリアが手を振った。

そしてフレイディアの背中にはエイシャル様とサクが乗っていた。

◇　◇　◇

俺――エイシャルは心から安堵して、その場に座り込んだ。

「大丈夫ですか⁉　エイシャル様、サク、フレイディア！」

ジライアが心配そうに駆け寄ってくる。

「あぁ……間一髪だったよ。フレイディアが氷の壁で俺達を守ってくれたんだ。サンキューな、フレイディア」

『まぁ、仕方ないわね。別料金よ』

フレイディアは悪戯《いたずら》っぽい笑みでそう言った。

「ミサイルの発射操作室も破壊した事だし、帰りましょうか？　あとは連絡しておけばガルディアの兵士達が片付けるでしょう」

サクの言葉にみんなは頷き、「とんだ日になった」と言い合いながら、疲れ果てて敷地に歩いて帰った。

ちなみに、ダルマスは落下した後、逃走、イリーナは爆発に巻き込まれて死亡。

そして、レオニスも……

敵とはいえ、昔は俺の家族だったな。

ふと、そんな事を思った。

だが、俺は今ここにいる家族を大事にするんだ。

こうして奇襲騒動は幕を閉じたのだった。

◇◇◇

その日はボーナス日で、みんなには金貨を五枚ずつ配った。

日頃のギルド組などの活躍によって、家計はかなり潤っている。

そして、先日の事件の疲れを癒《いや》すためにも、その日からは三連休にした。

アイシスやロードはサーフィンに出かけ、ニーナやステイシーは一緒にショッピングに出ている。

みんなそれぞれ三連休を楽しんでいるようだった。

そして、俺はというと……

ぼっちだった。

ガランとした屋敷のリビングで野菜ジュースを飲んでいると、クレオとジライアがやってきた。

「おっ、二人とも暇なのか!?」

「いやいや、今からドラゴンの剥製《はくせい》を見に、博物館に行くんですよ！　なぁ、クレオ！」

ジライアがクレオの頭にポンポンと手を置きながら答えた。

「あぁ、オレさま楽しみだぞ！」

クレオも嬉しそうに言う。

「そっか……いってらっしゃい、楽しんでな」

俺はそう言ったが、心の中で「俺も誘えよ！」と叫んでいた。

とはいえ、かわいそうなやつだと思われるのも嫌だったので、口には出さなかった。

ジライアとクレオの二人が出かけると、さらに屋敷はシーンとなった。

どうしようか？　と暇を持て余していると、そこにヘスティアがやってきた。

「へ、ヘスティア、暇なのか？」

俺は期待を込めて聞いてみる。

『うーむ、まぁな。主人こそ、暇そうではないか』

ヘスティアに指摘され、ぎくりとした俺は正直に言う事にした。

「あぁ、凄く暇なんだよ……どうだ？　ケル・カフェに行かないか？」

『確か、スーパーマシンの三巻が出てたな。あそこなら置いてあるだろうし、行くか』

というわけで、ヘスティアとセントルルアのケル・カフェを訪れた。

「あー、腹も減ったなぁ……」

もう昼時だ。

ケル・カフェのジャガイモとチキンのグラタンを食べたいな。

「こんにちは～！」

中に入るとラーマさんが迎えてくれた。

「エイシャル！　いつもの奥の席空いてるぞ」

「ありがとう、ラーマさん」

俺とヘスティアは奥の席に座り、それぞれ食べ物とコーヒーを頼んだ。

『おっ、あったぞ、スーパーマシンの三巻！　主人、今から俺は読書するから、話しかけないでくれ！』

「はいはい……」

俺も新聞でも読むか……

とか思っていると、ゲオがケル・カフェに入ってきた。

「おぉ、ゲオ」

「あぁ……相変わらず呑気そうだな、制王様は……」

早速嫌味を言われる俺。

「いやいや、街の見回りだよ」

「ふん」

ゲオは俺達の隣の席に座った。

「そういえば、牙狼所はどうだよ？　上手く運営できてるのか？」

そう尋ねると、ゲオは浮かない顔で歯切れの悪い答えを返す。

「まぁな。だが……」

「だが？」

「最近は人を襲うモンスターが多い……牙狼所だけじゃなく、パトロール隊も編制するつもりだ」

ゲオはそう言って運ばれてきたコーヒーに口をつけた。

「へぇー……やっぱり闇落ちパーティをどうにかしないとな」

「それなんだよ……」

「は？」

「どうやら、闇落ちパーティの仕業とも言い切れないようだ」

ゲオのその言葉に、俺は疑問が浮かぶ。

「そんな事するの闇落ちパーティくらいだろ？　それにその線が強いってお前が……」

小首を傾げる俺に、ゲオは少し濃い眉を顰めて告げる。

「闇落ちパーティの動向と、モンスターの出現のタイミングが合わないんだよ……」

「じゃ、サイコじゃなくて第二の敵がいるって事かよ」

しかし、ゲオは首を横に振る。

「……わからない、というのが今のところの正直な感想だ。問題は思った以上に複雑なのさ」

ゲオはコーヒーを飲み干してそう言った。

「そうか……」

「ところでエイシャル、ちゃんと訓練してるんだろうな……？」

「もちろんさ！　この間もスーパーゴリラの森を制覇したんだ」

自慢げに言う俺の言葉を聞いて、ゲオはげんなりした表情を浮かべる。

「あぁ……あの最悪なダンジョンか……」

「まぁ、大変だったけどな」

「だろうな。まぁ、その調子で頑張れ。じゃ、俺はパトロールがあるから、これで……」

ゲオはそう言って転移魔法で消えていった。

うーむ……

モンスターは一体どこからやってきているのか？

そして、誰が裏にいるのか？

謎は深まるばかりだ。

「ヘスティア、もうそろそろ帰るぞ？」

『待て待て、スーパーマシンが今良いところなのだ』

「全く、しょうがないな……」

俺は二杯目のコーヒーを頼んで時間を潰した。

ヘスティアが無事に漫画本を読み終えたので、辺境の屋敷に帰ってきた。

街に出ていたメンバーはみんな休みを楽しんでいるようで、大きな買い物袋を提げて帰宅した。

夜ご飯は出来合いの揚げ物みたいだ。

ま、三連休だしね。

「明日みんなで川釣りに行かないか？　もちろん行きたくないやつはいいけど。行きたい人いるかな？」

夕食の席で俺は惣菜を食べながら、みんなに尋ねる。

「ビビ行くー！」

「ニーナもっ！」

「僕も行きます！」

「俺も行くであります！」

『私も行ってもいいわよ？』

『我も行くぞ！』

ビビアン、ニーナ、サク、ラボルド、フレイディア、ヘスティアね……中々珍しい組み合わせだな。

というか、フレイディアとヘスティアは一緒で大丈夫なのか？

「俺デートだから、パスね」

「エルはお料理番組見たいから行かないですです～！」

アイシスとエルメスはそれぞれ予定があるようだ。その他のメンバーも各々にやりたい事があるらしい。

というわけで、俺を含め七人で川釣りに行く事になった。

明日が楽しみだ。

その後は夜の時間を自由に過ごして、眠りについた。

◇　◇　◇

次の日、釣竿などを買ってから川釣りに向かう事にした。

俺はそこそこ良い釣竿があるし、『釣り』スキルがあるので簡単に釣れるだろうが、初心者のみんなには自分達用の新しい釣竿が必要だった。

セントルルアに到着し、魔法釣具店に入る。

「わぁー！　キラキラのつりざおがいっぱいだー！」

ビビアンが目を輝かせて言った。

「どれがいいのかなっ？」

ニーナが棚を物色していると、奥から綺麗な女の人が出てきた。

「いらっしゃいませ～！　どのような釣竿をお探しですか？」

「あ、えーと、俺以外はみんな初心者なんで、川釣りで使いやすいのあるかな？」

俺が尋ねると、店員は笑顔で答える。

「川釣りですね。それでしたら、アクアフィッシングロッドとスパークリングフィッシングスティックがおすすめですよ！」

「どんな性能なんですかね？」

サクが興味深そうに聞いた。

「アクアフィッシングロッドは、川の流れを操作して魚を引き寄せる魔法釣竿です。対して、スパークリングフィッシングスティックは、川の中の酸素を発泡させて魚を酸欠にして浮き上がらせる魔法釣竿ですよ。どちらも初心者の方でも釣りやすく、人気の商品なんです」

「じゃあ、アクアフィッシングロッドとスパークリングフィッシングスティックを三本ずつもらおうかな？　あ、一つは子供用にしてください！」

俺はそのように注文して、魔法釣竿を手に入れた。

長靴や餌なども買いそろえ、辺境に戻り、いよいよ裏山の川に向かった。

「エイシャル、餌ちょうだいっ！」

ニーナが言うので、ミミズを差し出すと……

「キャァァァー！　なんでミミズっ⁉」

ニーナはばっと後ろに下がって叫んだ。

「なんでって、魚はミミズが大好きなんだぞ？　これを釣り針にこうつけて……」

俺は説明しながらミミズをつけてみせる。

「無理っ！」

「仕方ないな……俺とラボルドでつけるから、みんなは川釣り始めてくれ」

そう言うと、早速ビビアンがアクアフィッシングロッドを川に向かって振った。

中々上手だ。

みんなも次々と釣竿を振り、川釣りが本格的に始まった。

俺も『釣り』レベル13を発動する。

すると、すぐにヒットした。

「カワムツだ！」

「わー！　凄いのだエイシャル！　お魚くん生きてるの！」
ビビアンが喜んでいると、彼女の竿がびくんと揺れた。
「あ、ビビのもヒットしてるぞ！」
そして、ビビアンは見事にイワナを釣り上げた。
ふと、フレイディアの方を見ると、なんと彼女は川に魔法を放とうとしている。
『氷川《ひょうせん》！』
フレイディアが唱えると、みるみるうちに川の水が凍り、魚も凍ってしまった。
『氷漬けの魚……美味しそう……』
『何おう！　そっちがその気ならば……！』
今度はヘスティアが川に向かって魔法を唱えた。
『沸川《ふっせん》！』
すると、あっという間に川の水が沸騰《ふっとう》し、魚は煮えたぎって浮いている。
『ふぁっはっはっ！　俺の勝ちぞ！　フレイディア！』
ヘスティアが勝ち誇って言う。
『私が凍らせた魚の数の方が多かったわよ！』
『なんだと!?』
『何よ!?』

二人が本格的なバトルになり始めたので、俺は止めに入る。

「やめろって！　二人とも！　今日は楽しく釣りをするために来たんだからな！　喧嘩したいなら向こうの山でやってくれ！」

やっぱりこうなったか……こいつらの喧嘩は大規模すぎてシャレにならないんだよな。

『まぁ、今回は止めておこう』

『仕方ないわね』

二人はなんとか思いとどまったようだ。


それからも、ナマズやテナガエビ、ハゼなどを釣った俺達は、たくさんの魚をバケツに入れて屋敷に持って帰った。

「まぁ、こんなにたくさん⁉」

バケツの中身を見たシルビアが驚きの声を上げた。

「あら、フレイディアちゃんは氷ごとですの？」

「そうなんだよ、リリー。魔法保存庫に入れておけばなんとかならないかな？」

俺が尋ねると、シルビアが難しい顔で言う。

「うーん、まぁ、それでも二、三日中には食べないと……」

「じゃ、二、三日は魚祭りですねぇ」

「良いじゃんっ！」

サクとニーナは嬉しそうだ。

「とにかくお風呂入ってきてくださいですです！　あら、ビビちゃん、おててが泥《どろ》だらけ！」

エルメスにそう言われて、俺達は順に風呂に入った。


そうこうしているうちに街に出かけていたメンバーも帰ってきた。

そろってリビングでゆったりしていると……

リビングで飼っていたグリフォンのグリオが突然光り出した。

俺は急いでグリオを外に出す。こういう時はモンスターが進化してでっかくなるからな。慣れたもんだよ。

光が収まった後、グリオは翼を広げると八メートルほどの大きさになり、真っ赤だった毛並みは赤褐色《せきかっしょく》になっていた。

俺はマルクと一緒にモンスター牧場に放つと、グリオはスパイアスピアのピアと上空へ羽ばたいて遊び始めた。

うん、大丈夫みたいだ。

腹ペコな事に気付いた俺達は、さっさと屋敷に戻って夕食を食べた。

魚の茶碗蒸し、魚のスープ、焼き魚、天ぷらなどなど、今日釣ってきた新鮮な魚がシルビア達によって美味しく調理されていた。

「あーぁ！　明日はもう三連休の最終日かー……俺、二股バレちゃって、二人とも切れたんだよなー……次はもっと上手くやんなくちゃな！」

最低発言をするアイシス。

ネレがゴミを見る目でアイシスを見ていた。

「アイシス、最低！」

こうして、二日目の休みも終わり、三連休も残すはあと一日となった。

しかし、明日は何をすれば良いのだろうか？

相変わらず、生産バカで暇な俺は頭を悩ませながら眠ったのだった。

◇　◇　◇

そうして、とうとう三連休の最終日。

今日もほとんどのメンバーが外出したようだ。

俺は朝食にミートパイを食べて、ケル・コーヒーで一息つくと、これからどうしようか考えた。

暇だ……

そう思ってふらりと外に出ると、ヘスティアが敷地の空き地をうろうろしていた。

「どうしたんだよ。ヘスティア？」

話しかけると、ヘスティアは顔を上げた。

『おぉ、主人か。どうも、この下に源泉があるらしい……』

「へー。源泉？　って事は、温泉が湧き出るわけ？」

『ふむ。可能だろうな』

「それは嬉しいな。ぜひ、やってくれよ」

『金貨一枚ぞ』

ヘスティアはニヤリと笑い、そう言った。

「全く、抜け目がないな……」

俺は財布から金貨を渡した。

すると、ヘスティアは地面に手を当てて何かを呟いた。

次の瞬間——

温水が勢いよく湧き出てきた！

「おぉー！　さすが溶岩竜だな！」

さらにヘスティアはマグマを噴き出し、溶岩石の浴槽も作ってくれた。

「おっしゃ。あとでロードとシャオに脱衣所と囲いを作らせよう」

とりあえず今は誰もいないので、そのまま温泉に入った。

『どうだ？　主人？』

「あぁ、いい湯だよ。沁《し》みるなぁ」

俺はゆっくりと温泉に浸かった。

多少のぼせてゆでだこみたいになったけど、まぁこれも温泉の醍醐味《だいごみ》だ。


ロードとシャオが賭博場《とばくじょう》から帰ってきたので、俺は脱衣所と囲いの話をした。

「いいですぜ。明日作りやしょう！」

シャオが言い、ロードも頷いた。

「男湯の時間と女湯の時間も決めとかないといけないな。午前中が女湯で、午後が男湯にするか。

『女湯』と『男湯』のプレートも作っておいてよ」

俺は二人に依頼すると、シャオはどんと胸を叩いた。

「お安いご用ですぜ！」


他のメンバー達は帰ってくると、いきなり出現した温泉を物珍しそうに見ていた。

「わーっ！　楽しみだねっ☆」

ニーナが手をパシャパシャと温泉につけながら言った。

「そういえば、ルイスさんはどうするっす？　……やはり男湯っすか？」

マルクが引きつった笑顔で尋ねてきたが、俺は額に手を当てた。

「あ、それ考えていなかったな。ま、いったんルイスは温泉禁止で」

「そんなぁ～！　僕も温泉入りたいですよぉ～。ジライアさんやラボルドさんと……♡」

顔を赤らめて言うルイスに……

「ルイスは温泉禁止にしよう！」

ジライアが容赦なく言った。

「あぁ～ん、ジライアさぁん！」

「じゃあ仕方ないな。ルイスタイムを作るか……二十時から二十一時の間なら使っていいぞ」

という事で、なんとか丸く収まった。

こうして、敷地に初の温泉ができたのだった。

◇◇◇

その日も仕事が始まり、家事組、敷地組、ギルド組とそれぞれ忙しそうにしていた。

俺も川釣りに行く予定だったが、プリティビビアンがやってきた。

はあ……

「エイシャル、お馬さんが来てるのー！」

プリティビビアンは門の方を指してそう言った。

やはりか……

仕方ないので、戸口を開けて外に出ると、サイネル国の騎士が待っていた。

「おぉ、制王様！」

「……どうしたんですか？」

俺は明らかに面倒くさそうに尋ねた。

「今回はサイネル王からのお手紙を預かっております。ぜひ、こちらをご覧ください」

そう言ってサイネル国の騎士は手紙を俺に渡して去っていった。

そこにはこう書いてあった。

『拝啓、制王様。明日の午後一時頃、サイネル城まで来ていただきたいのです。しかし、その際美しい女性などに決して、決して……！　恋に落ちませんよう……くれぐれもご注意くださいませ』

はぁ？

なんだこれ？

俺は首を捻りながら、屋敷に戻っていった。

◇　◇　◇

次の日、ウォルルに乗ってサイネル国の城に向かった。

サイネル城に着くと、サイネル兵達は驚く様子もなく「制王様がやってこられた……！」と喜んでいる。

なんだかよくわからないが、凄い歓迎のされようだ。

何かとんでもない問題が起きたのだろうか……？

俺はすぐにサイネル王の書斎に通された。

「おぉ、制王様……！」

「今度は一体どうしたんですか？」

面倒事は嫌だというのが顔に出ているだろうが、もう気にしない。

「まあまあ。ところで、制王様、美しい女性に恋に落ちたりしていませんよね？」

サイネル王は意味不明な事を真剣な面持ちで尋ねてくる。

「そう簡単に美しい女性に出会わないでしょう。俺は別に恋愛体質でもないですし……」

「それを聞いて安心いたしました！」

よくわからないが、サイネル王は本当に安堵しているようだ。

「？　失礼ですが、何をさっきからわけのわからない事を言っているんですか」

さすがに気になるので聞いてみると、サイネル王は今回の用件を話す。

「本日制王様に来ていただいたのは、このサイネル国で病が流行《はや》っているからなんです」

「はぁ……オールポーションをご用意しましょうか？」

「いえ、それが、オールポーションでも治らぬ病なのです……」

「一体どんな病なんですか？」

さらに尋ねると、サイネル王は俺の目をまっすぐ見て言う。

「それが……『恋に落ちると魔法やスキルが使えなくなる病』なのです」

「は？　なんですか、その病は!?　そんなの聞いた事もありませんよ！」

驚いて思わず声が大きくなるが、サイネル王は困惑ぎみだ。

「そうおっしゃられても、実際に流行っておりますれば」

サイネル王はあくまで真剣なようだ。

「まさか、俺にそれをどうにかしてほしいとか言うんじゃゃ……」

「いやぁ、制王様は今日も冴《さ》えてらっしゃる！」

「いや、知りませんよ！　そんなわけのわからない病気！」

「そうおっしゃいますが、魔法やスキルが使えなくなるのは一大事ですぞ！　サイコとの戦いも控えているのに、もしも、みんなが恋に落ちて魔法とスキルを使えなくなってしまったら、誰がサイコを止めますか？」

サイネル王は妙に説得力のある事を言うので、俺も納得せざるを得ない。

「まぁ、それはそうですが……」

「とにかく！　よろしくお願いいたします！」

「全く……仕方がないな……」

俺はいったんサイネル王の頼みを引き受ける事にした。

しかし、変な病だな。

解決策を考えながら、辺境の屋敷に帰った。


屋敷に戻ると、部屋にこもった。

さて、一体どうすれば良いのだろうか？

オールポーションじゃ治らない事は確かだが……

では、どんな薬を作ればいいのか？

ずっと考えていたが、わけのわからない病に対処法が思いつかず、俺はリビングに出て、いったん休憩する事にした。

「あら、エイシャル、どうしたの？」

俺がミントティーを飲んでいると、シルビアが話しかけてきた。

「いや、それがさぁ……」

俺はサイネル王からの頼みの内容をシルビアに話した。

「それは深刻ね……」

「そうかなぁ？　いまいちピンと来ないんだけど……そもそも、恋に落ちなければいいだけだと思うんだよね」

俺がそう言うと、シルビアは急に怒り出した。

「あら、恋に落ちる事は誰だって自然な事じゃないの？　エイシャルは恋のパワーがわかっていないのよ」

「いやでも、ほら、恋に落ちて魔法とスキルが使えなくなってるわけだから……え、恋のパワー？」

「誰にでも好きな人はいるわよ！」

シルビアはそう言い切った。

え……？

「えーと、それはシルビアにも好きな人がいるって事？」

「当たり前じゃないの！　とにかく、その病、真剣に治してあげて！」

シルビアは怒ったまま、キッチンに消えていった。

俺は少しだけショックを受けていた。

そうか……シルビアにも好きな人はいるのか……

そうだよね、そりゃね。

どんな人なんだろう……？

そんな事を考えつつ、俺はとぼとぼと調合室を訪れた。

もちろん、例の病の特効薬を作るためだ。

うーん……まずは、恋《こい》し草《そう》と忘《わす》れ草《そう》をかけ合わせてみるか。

いつものように生産スキルを発動しようと……

あれ、発動しない!?

なぜだ!?

まさ……か……

心当たりは一つしかなかった。

俺はシルビアに恋に落ちたんだ……！

そのあとも何度も何度も試してみたが、スキルが発動する事はついになかった。


ギルド組が帰ってきて夕食の時間になった。

だが、俺はとても夕食など食べる気がしない。

「どうしたの、エイシャル？　全然食べてないじゃない」

サシャが目ざとく言うので、俺はお腹を押さえつつ苦笑いする。

「い、いや、ちょっと腹の調子がね……」

「あらあら、風邪かしら？」

シルビアが心配そうに言った。

「いや、大した事はないと思うよ、うん！　ただ明日は念のため休もうかな？　ははっ……」

例の病にかかったなど、とてもじゃないが言えない。

「そうでありますか……果樹園に新しい果物を、と思っていたでありますが」

「僕も新しい剣を作ってもらおうかと……」

ラボルドとサクが残念そうにしているが、こちとらそれどころじゃない。

「すまん。何せ腹が痛くてさ……」

「いやいや、そういう事ならお大事になさってください」

サクが手を振って言った。

ラボルドもうんうんと頷いている。

「あとでお粥《かゆ》持っていく？」

シルビアがそう言ってくれたが、それは逆効果だ。

「いや、食べられないからいいよ」

やんわりと断ったが、とても申し訳ない気持ちになった。

◇　◇　◇

そして、翌朝。

俺は久しぶりに馬に乗って、サイネル城に向かった。

ウォルルに乗ろうと思っていたが、ウォルルが俺を見て唸り声を上げたのだ。

そうだ、彼らを大人しくさせる『飼育』のスキルも使えないんだ。

そんなわけで、仕方なく馬で行く事にした。


だいぶ時間がかかったが、サイネル城にたどり着いた。

「おぉ、制王様！　早速、解決方法がわかったのですか⁉」

部屋に通されると、サイネル王が喜びの声を上げて迎えた。しかし、俺は口ごもる。

「いや……それが実は……」

「はて？　どうされたのですか？」

サイネル王は不思議そうに尋ねてきた。

「俺もその病にかかってしまったのです……」

「えぇぇぇぇ⁉　制王様は大丈夫だとおっしゃったではありませんか⁉」

正直に告白すると、サイネル王は驚きの声を上げた。

「そんな事を言ったって、かかってしまったものはどうしようもないでしょう⁉」

「しかし……昨日の今日ですぞ？」

「その短い間に恋に落ちたんですよ」

俺はサイネル王に開き直って言った。

サイネル王はしばらく考え込んでいたが、少しして意外な言葉を口にした。

「制王様、この病、治す方法が実はあるのですよ」

「なんですって!?　それを早く言ってくださいよ！　っていうか、なんで俺に解決法を頼んだんですか……で？　どんな方法なんですか？」

「方法は一つ。思い人に告白して、両思いになる事です」

サイネル王の答えを聞いて、俺は一瞬フリーズしてしまった。

「……はぁぁぁあ？　そんなの、俺みたいなモテない男にできるわけないでしょう!?」

「しかし、今のところそれしか方法はないかと……」

「でも、告白して振られたら？　スキルも戻らず、失恋の傷まで背負う事になるんですよね？」

「まぁ、その時はその時、ですな！　だからこそ、制王様に違う解決法を見つけてほしかったのですが……」

今度はサイネル王が開き直ってそんな事を言い始めた。

「そんな無責任な！」

とはいえ、それ以上の問答は無駄だとわかったので、俺は肩を落とし、トボトボと辺境の領地に帰った。

「あら、エイシャル、出かけていたの？　お腹が痛いって言うから、寝てたのかと……」

屋敷に戻ると、リビングで料理番組を見ていたシルビアが魔法テレビを消して声をかけてきた。

「シ、シルビア……！　つ、つ……！」

言うんだ俺！

「付き合ってください」と。

でも、もし断られたら……？

いや、もしではなく断られる可能性の方が大きいんだ。

「つ……？　なんの事、エイシャル？」

「つ、つ、つ……漬物ある？」

土壇場でチキンと化した俺を見て、シルビアが訝《いぶか》しげな表情を浮かべる。

「えぇーと、今はないけれど、漬け込めば明日には……でも少し変よ、エイシャル？」

「そ、そう。じゃ、漬け込んでおいて。いやぁ、急に漬物が食べたくなっちゃったよ！」

俺はそんな事を言って誤魔化しながら、部屋にこもった。

誰かに相談してみようかな？

恋愛と言えば、やっぱりアイシスか……

アイシスが帰ってくると、俺は誰もいない調合室に彼を連れていった。

「なんだよ、エイシャル？　何か調合でもするのかよ？」

不思議そうに尋ねてくるアイシスに、俺は告げる。

「それが……できないんだよ……」

「は……？」

アイシスはわかっていないようだ。

確かにこのままじゃ意味がわからないので、俺は説明する。

「実はサイネル国である病が流行っているんだ。恋に落ちると魔法やスキルが使えなくなる病なんだけどさ」

「へぇー？　変な病気が流行ってるんだな。じゃあ、調合で特効薬を作ればいいじゃんか？」

「それが……俺もその病にかかったんだよ」

もうストレートに伝えると、アイシスは一瞬固まった後――

「えぇぇぇぇ!?　って事は、相手は……？」

「誰にも言うなよ……シルビアだ」

俺は勇気を持って告白した。

しかし――

「あぁ～、やっぱりか……」

アイシスの反応は俺が予想していたものと違った。

「やっぱり？　俺がシルビアの事好きって知ってたのか？」

「まぁ、見てれば大体わかるぜ」

「そうか……まあとにかくこの病を治すには、思い人に告白して両思いにならないとダメなんだよ……」

俺がしょんぼりしながら事情を説明すると、アイシスは難しい顔で言う。

「そっか……そりゃまた、難儀だなぁ……」

「俺は告白なんてした事ないしさ。アイシスだったらどうする？」

「そんなもん、当たって砕けろさ！　まぁ、砕けたら多少凹《へこ》むけど、その時は次つぎ！」

当てにならないアイシスのアドバイスを聞いて、俺はため息をつく。

「俺は恋愛体質でもないし、そんな簡単に割り切れるかな？」

「だけど、とりあえず告白してみないとダメなんじゃね？」

まあ確かにそれは正論だ。

「うーん、そうなんだよなぁ……」

その後、アイシスと屋敷に戻った俺は、また部屋にこもった。

誰か他に俺と同じレベルの調合士がいれば、薬を作って終わりなんだけど……

ん？

そうだ！

ゲオに頼んでみれば……!?

◇　◇　◇

その次の日、俺は早速ゲオの元へ馬を走らせた。

牙狼団の本拠地に到着し、ゲオがいるというバトル場へ向かった。

「なんだよ、エイシャル……」

ゲオは俺と顔を合わせると、手に持った大剣をもてあそびながら言った。

「ちょっと話があるんだよ。ケル・カフェに行かないか？」

俺が誘うと、ゲオは頷いた。

「あぁ、そうだな。少し休憩しようと思ってたところだ」

ゲオは大剣をしまうと、周囲に指示を出して、俺についてきた。

ケル・カフェに到着して、俺達はそれぞれケル・コーヒーを頼んだ。

「で、話っていうのは？」

早速尋ねてきたゲオに、俺は切り出す。

「あぁ。今サイネル国である病が流行ってるのを知ってるか？」

「あの恋に落ちると魔法やスキルが使えなくなるっていう変な病か……知ってるが、それがどうした……？　まさか……」

ゲオはアイシスと違って察しが早い。

「お察しの通り、俺もかかったんだよ」

「ぶっ……！」

俺の言葉に、ゲオは噴き出して笑った。

「なんだよ、俺が恋しちゃ悪いのか⁉」

少し怒りをにじませて言うと、ゲオはなおも笑いを堪えながら答える。

「いや、そうじゃないが、あんたも俺と同じで恋だの愛だのに興味がないと思っていたからな。少し、いや、かなり意外だ……」

「恥を忍《しの》んでお前に話したのは、その病の特効薬を作ってほしいからなんだ。『調合』のスキルを持ってないか？」

期待を込めて尋ねると、ゲオは頷いた。

「あぁ、確かあったはずだ。けど、あまり使ってないからな。一、二週間はかかると思うぞ」

「わかった。仲間にはばれないよう腹痛で通してるが、そんなには誤魔化せない。できれば一週間で仕上げてくれ」

ゲオは再び頷くと、そういえばといった様子で尋ねてくる。

「ところで、エイシャル、お前が恋に落ちた相手って……一体誰だ？」

「言わねーよ。とにかく頼んだ。報酬ははずむからさ」

◇　◇　◇

そして、一週間後——

ゲオはスルーラブポーションなる薬を持ってきた。

おそるおそるそれを飲むと、俺は再び生産スキルを使えるようになった。

早速『栽培』のスキルを発動してトマトを作りながら、ゲオに礼を言う。

「サンキュー、ゲオ。助かったよ」

「一つ貸しだぞ」

ゲオは可愛くない事を言って、天竜に乗って牙狼団の本拠地に帰っていった。

俺はそれからスルーラブポーションを大量に作り、サイネル国に持っていった。

「おぉー！　制王様！　早速特効薬をありがとうございます！　制王様も無事に病が完治したよう

で良かったです」

サイネル王はとても喜んでいた。

俺は謝礼として金貨百枚を受け取り、ゲオにその半分を渡した。

こうして、わけのわからない病気『恋に落ちると魔法やスキルが使えなくなる病』は収束に向かっていったのだった。

第二章　優雅な船旅

それからしばらく経ち——

その日もみんなはそれぞれの仕事に向かった。

俺は畑に行く。

『栽培』レベル17が解放されていたからだ。

「今度はどんな作物が採れるのでしょうね」

「ワクワクであります！」

ビッケルとラボルドがわくわくしながら予想している。

早速、地面に手を当てて『栽培』レベル17を発動した。

すると、地面からニョキニョキと葉っぱと茎が生え、真っ赤なイチゴがなった。

「イチゴかぁ……！」

これはクレオとビビアンは大喜びかもしれない。

「イチゴジュースでも作ってみるか、ラボルドよ」

「良いでありますね！」

ビッケルとラボルドは嬉しそうにイチゴを採りながら、何に使うか話し合っている。

その後、二人はイチゴジュースを作りにキッチンへ行ってしまったので、残された俺はゴーレムと一緒に畑と果樹園の作業をした。

トホホ、俺って一応この屋敷の主人なんだけど……

ビッケルとラボルドの仕事を代わりにこなしていると、ガオガオーのクレオがやってきた。

「ん？　どうした、クレオ」

「門の外にお兄さんがいるぞ！」

クレオはそう報告してきた。

おかしいなぁ？

サイネル王の頼みはこの間解決したばかりだし……

さすがにこのスパンで誰かが来るのは初めてかもしれない……って、そんな事もないか。

また、何か解決しないといけない事件か？

俺は戸口まで歩いていき、覗き穴から外を見る。

すると、そこには……

「アンドラ……！　アンドラじゃないか！」

この前知り合った前魔王の息子アンドラが立っていた。

俺は戸口を開ける。

「エイシャルさん、ご無沙汰しています」

アンドラは礼儀正しく一礼した。

「まぁ、中に入ってくれよ。あ、イチゴジュースでもどう？」

「ありがたいです。エルルカ島からずっと飛んできたので、喉が……」

アンドラは苦笑いで言った。


俺がアンドラをリビングに通すと、ラボルドがイチゴジュースを二人分運んできてくれた。

アンドラはイチゴジュースを半分程飲むと、話を切り出す。

「今日来たのは、エイシャルさんをお誘いしようと思いまして」

「えっ、お誘い？」

急になんの事だろうと、俺は尋ね返す。

「えぇ、というのも、エルルカ島も随分魔族の街らしくなりました。エルフの中に腕利きの生産職の者が何名かいましてね。それで今まで家を建てたり、店を作ったり、と街造りしていたんです。やっとそれらしくなったので、エイシャルさん達にぜひ、遊びに来ていただこうと」

「へぇ、それは嬉しいお誘いだなぁ。えーと、エイシャルさん達っていうのは、みんなで押しかけても大丈夫って事？」

「えぇ、えぇ、もちろんです。エイシャルさんのところには凄腕の剣士もそろっていると聞いています。ぜひ、うちの魔族たちに指導してやってください。全員で来られるなら、船が良いかと思いますよ」

アンドラは残りのイチゴジュースを美味しそうに飲み干して言った。

「そうか、船旅かぁ。みんな、喜ぶだろうなぁ」

「宿屋も作っていますからぜひ。それに、エルルカ島を訪れる人間の方も多いんですよ、最近。ちょっとした観光地になっていまして、特性のマジックキャンディーやマジカルティーなんかもお土産に売ってます」

アンドラは人間との共存を図りたいと言っていた。

どうやら、彼の理想とする魔族の街造りは順調に進んでいるみたいだ。

「ありがとう、ぜひ都合をつけて行かせてもらうよ。まぁ、みんなと話し合ってみないといけないけどね」

俺もイチゴジュースを飲んでそう言うと、アンドラは嬉しそうな表情を浮かべた。

「ありがとうございます。ところで最近、モンスターが街や道に入り込んでいると聞きましたが……」

アンドラが話を変えた。

「そうなんだよ。船旅は嬉しいけど、気をつけなくちゃな」

「えぇ、お気をつけて来てください。また、積もるお話はエルルカ島で。それでは失礼します」

アンドラはそう言うと屋敷から去っていった。


その日の夕食の席にて、アンドラにエルルカ島に招かれた事を話すと、みんな大喜びで旅の支度を始めた。

「出発は明後日だぞー」

ちなみに船のチケットはアンドラが用意してくれた。どうやらかなり豪華な船らしく、みんなは浮かれてしまっている。

俺はビビアンとクレオの支度を手伝った。

「ビビ、ミカちゃん人形なんて持っていってどうするんだ？　かさばるから、置いていきなさい」

「やなのー！　エルフの女の子とミカちゃんごっこするのだ！」

ビビアンは譲らないようだ。

「クレオ、ラムネとグミと……持っていきすぎだ！　お菓子は銅貨五枚以内だぞ！」

「ダークエルフの友達にあげるんだぞ！」

クレオもクレオで譲らない。

俺は頭を抱えながら、二人のリュックサックに必要なものを詰めた。

なんでも、豪華客船のデッキにはプールもついているらしく、みんなには水着も持っていくように伝えた。

そして、準備が整っていく。

◇　◇　◇

二日後——

その日の朝は早かった。

みんな朝の五時に起きると、簡単なフレンチトーストの朝食を食べて、港町コルックに向かった。

一時間ほどでコルックの港に着き、豪華客船を待つ。

少しして、汽笛《きてき》を鳴らしながら豪華客船が港に到着した。

「おっきいぞ！」

クレオがジライアに肩車してもらって客船を見上げる。

「ビビも見たいのだ！」

ビビアンが言うので、ロードが彼女を肩車した。

「みんな、もうそろそろ順番だぞ。忘れ物ないよな？」

俺はみんなの人数を数えて確認する。

しかし——

「ふねにしゅっぱーつ！　ポッポー！」

ビビアンが言うと、俺の事をスルーしてみんなは船に乗り込んでいった。

俺の存在って……

まぁ、いっか。

そんなわけで大きな大きな豪華客船に乗船した。

アンドラは一番良い部屋を取ってくれたらしく、二人部屋だが船にしてはわりと広かった。

船にはレストランやカフェもあるため、食事にも困る事はないようだ。

俺はとりあえず一息ついたが、もう既に他のみんなは船のデッキのプールに向かったらしい。

元気だなぁ……

ちなみに俺と同室なのは、ラボルドだ。

「エイシャルさん、せっかくですから俺達もプールに行くであります！」

「そうだな。たまにはいい思いさせてもらうか」

俺もラボルドも水着に着替えて、シャツを羽織ってプールに向かった。

プールは二段に分かれており、上のプールから下のプールに滑り台がついている。

脇《わき》にはバーカウンターがあり、人々はカクテルを飲みながら、優雅にエアーマットでぷかぷか浮いている。

俺もカクテルをお任せで頼むと、エアーマットをふくらませて、プールに浮かべた。

あー、極楽だなぁ……

こんな良い思いをさせてくれるなんてアンドラに感謝だ。

今日は天気も快晴でやや暑く、プールに入るには持ってこいだった。

エアーマットの上でうとうとしていると、いきなり水鉄砲で水をかけられた。

「ぶあっ！　冷てぇ！　クーレーオー！」

俺は手で水をかけ、水鉄砲を放ってきたクレオに対抗する。

なんて大人げない大人なんだ……と思ったが、その後アイシスやネレまでもが参戦し、最終的にはみんなで泳いで逃げ回ったり、追いかけたりした。


しばらくプールで楽しいひと時を過ごして、俺達はバーカウンターの隣にあるアイスクリームショップでアイスを買った。

俺は紫芋《むらさきいも》とココナッツのアイスクリーム。

ビビアンはクッキーアンドクリームを選んでいた。

大人組はデッキチェアに横になり、飲み物を飲んだり、アイスクリームを食べたりとくつろいだ。

ヘスティアは持ってきた漫画本を読んでいる。

ちなみにエルルカ島までは船で三日かかる。

その日はプールで体力を使って疲れ果てたので、レストランで簡単にご飯を済ませると、倒れ込むようにベッドで眠りについた。

次の日も船旅を楽しんだが、最後の三日目に事件は起きた。

◇ ◇ ◇

その日、船旅の最終日という事で、みんな相変わらず船のデッキに出て遊んでいた。

ところが、急に船に緊急放送が入った。

『乗客のみなさんは速《すみ》やかにデッキから船内にお入りください。人魚の群れが現れ、船に攻撃を仕かけています。繰り返します……』

「人魚の群れだって⁉ 馬鹿な……人魚は温厚な種族だし、そもそも人魚島の海域にしかいないはずだ！」

「そんな事言ってる場合じゃねーよ、エイシャル！ さっさとみんなを船内に避難させないと！」

アイシスの言葉に、俺は頷いた。

「よし、敷地組を船内に入れてギルド組はデッキで人魚を迎え撃つぞ」

指示を出して、魔音死神剣を引き抜いた。

しかし、海中の人魚とどうやって戦えば良いんだ。

その時、乗客の一人がなぜか自分から海に飛び込もうとしたので、慌ててそれを止める。

「エイシャル様！　耳を塞《ふさ》いでください！　人魚の魅惑の歌です。聞いたら海に引き込まれますぞ！」

ジライアの言葉を聞いて、俺は引き止めた乗客を無理やり船内に押し込み、すぐに耳を塞いだ。

しかし、これでは人魚を倒す事は不可能だ。

そう思った時、ヘスティアが『マグマボルト』という魔法を海の人魚に向かって放った。

海は一部が灼熱《しゃくねつ》し、人魚は逃げ出していった。

「助かったよ、ヘスティア」

『最高の船旅を邪魔はさせぬぞ』

ヘスティアはまた、漫画本を開いた。

この状況でも平然としているヘスティア……まぁ、助かったし、いいか。

だが、どうして人魚がこの海域にまで？

そんな事を思いながらも、豪華客船はなんとか予定時刻にエルルカ島に到着した。

エルルカ島には立派な港があり、アンドラやエルフ達が俺達を迎えに来ていた。

俺は船から降りるとアンドラに挨拶する。

「やぁ、迎えに来てくれて悪いね。船旅は最高だったよ」

「それは良かった。魔族一同、エイシャルさん達が来るのを心待ちにしていましたよ。魔王城下町エルルへご案内します」

アンドラはそう言って歩き出した。

荷物をワーウルフ達が持ってくれたので、俺達は手ぶらでアンドラについていく。

しばらく歩くと、高い木の塀で囲まれた魔王城下町エルルが見えた。

「へー！　木で塀を作っているのか！」

俺は目新しい街にワクワクしながら言った。

「ワーキャットに植物系のスキルを持つ者がいましてね」

木でできた門が開くと、中には……

「わぁ、ツリーハウスだわ！」

サシャが魔王城下町エルルの家々を指差して感嘆《かんたん》の声を上げた。

そう、エルルの街の家はほとんどがツリーハウスだったのだ。

といっても木の上に家を建てているのではなく、巨大な木そのものを家に作り替えて、中に人が住めるようにしている。

二階、三階とある家は、木の滑り台で下りるようだ。

「わー、凄いのだー！　木のお家なのだ！」

「ビビ、あっちにおみやげ屋さんがあるぞ！」

ビビアンとクレオは大はしゃぎしている。

「こらっ、お土産は最後の日だぞ。まずは、宿屋に行かないと……」

俺はビビアンとクレオの首根っこを掴んで連れていく。

「宿屋はこちらです。ツリーハウスの宿屋ですよ」

アンドラに案内された宿屋は一段と太く巨大な木の中に作られており、九部屋ほどあるようだ。

「素敵ですわねぇ」

リリーがうっとりとした声で言った。


とりあえず木の階段を上がってツリーハウスの宿屋に入った。

「エイシャルさん、お話があるんです。ちょっとお時間良いですか？」

アンドラが俺に小声で言った。

「あぁ、いいよ。みんな、エルフさんやワーウルフさん達と仲良くな！」

俺はそう言って、アンドラについていった。

宿屋の近くの喫茶店に入ると、ワーラビットのお婆《ばあ》さんが温かいコーンスープを運んでくれた。

「まぁ、魔王様、お久しぶりでございます事……ごゆっくりなさってくださいな」

ワーラビットのお婆さんはアンドラに微笑んで去っていった。

「で、早速だけど話っていうのは？」

俺が尋ねると、アンドラは頷いて口を開く。

「はい……あまり良い話ではないのですが、俺もモンスターが平野や街にまで侵入してる件を調べてみたんです。妙なんですよ」

アンドラはそこでコーンスープを一口飲んだ。

「妙……とは？」

「いえ、俺の調べでは闇落ちパーティとモンスターの出現に関連性はありませんでした。それにテレビでゲオさんが言っていた通り、無闇に憶測を口にするのはよくありません。ですが……」

俺が無言で先を促すと、アンドラは続ける。

「どうもシャイド国が関係しているようなのです。いえ、それもはっきりしたところはわかりませんが……」

アンドラは言葉を濁した。

「シャイド国？　ヤンバル大陸のシャイド国が？　つまり、モンスターを放ってるのはシャイド国だと言いたいのか？」

俺は怪訝《けげん》に思いながら尋ねた。

あそこの王とは会って話した事があるが、そんな事に協力するようには見えなかったが。

「いえ、先程も言ったように、シャイド国がモンスターを放っているかどうかは証拠が掴めていません。ただ、モンスターが出現する時にシャイド国の兵を見たという報告が多数上がっています」

アンドラは真剣な面持ちで言う。

「マジか……うーん、それだけの情報じゃなんとも言えないけど、シャイド国がモンスターの事件に関与してるとして、サイコとは関わりはないのか？」

俺は腕組みして考える。

「そこまでは残念ながら……しかし、サイコは人を操る術に長《た》けています。なんらかの形でサイコとシャイド王が接触した際に、シャイド王がその術にかかってしまったとも考えられます」

アンドラは言葉を選びつつ慎重に話した。

「そうか……いや、ここに来た時、実は船が人魚に襲われたんだよ。それも関係があるのかどうかも含めてもうちょっと考えないとな」

「人魚に？　そうですか、ついに人魚まで……サイコの目的は人間を、いえ、魔族も含めて、世界を滅ぼす事だと思うんです。そのためならば、どんな手段も選ばないはずです」

「そうだな。とりあえず、俺達もできる範囲で街や街道のパトロールをするつもりだよ。また、何か情報があれば頼むよ」

「えぇ、わかりました」

そして、アンドラは魔王城に帰っていった。

ツリーハウスの宿屋に帰る途中、公園でビビアンがエルフの女の子達とミカちゃんの人形でままごとをしていた。

「ビビ、夕飯までには帰ってくるんだぞー？」

「うん！」

近くでクレオがダークエルフとお菓子を交換していた。

「クレオもだぞー？」

「わかったぞ！」

俺は宿屋の部屋で少し休む事にした。

シャイド国の王が闇落ちした、とも考えられるな。

しかし、一体どうして？

いや、そう決めつけるのはまだ早い。


そして、夕飯になり、宿屋の一階で俺達は珍しい魚料理を食べた。

「わー！　魚が虹色ですねぇ。この辺の海域じゃ、珍しい魚が釣れるんですかね？」

サクが言うと、宿屋の女将《おかみ》のワーキャットが説明してくれる。

「レインボーフィッシュ言うにゃん。部位によって味も変わるんだにゃん」

「美味しいわぁ」

ダリアがそう言って、レインボーフィッシュの刺身をぱくぱく食べる。

味の変わるレインボーフィッシュはどこの部位も美味しかった。

◇◇◇

アンドラの元に集まったエルフやワーウルフ達に魔法や剣技、スキルなどを教えたり、キャンプファイアーをして踊ったり、エルルカ島の満天の星をみんなで寝そべって見上げたり……

楽しい宿泊期間はあっという間に過ぎていき、屋敷に戻る日がやってきた。

ビビアンはエルフの子供達とすっかり仲良くなり、帰らないとゴネ出したし、クレオもお菓子交換をしたダークエルフの子供達と別れるのは辛そうだ。

「ビビちゃん、クレオくん、また来てくださいね！」

アンドラがそう言うと、二人は力強く頷いて、涙を拭《ぬぐ》った。

「ビビ、また来る！」

「オレさまもだぞ！」

帰りの船の中はなんとなくみんなしんみりとしていた。

ガルディアの辺境の屋敷にはあっという間に着いた。

「ああ、終わり」

ネレがぼそっと呟く。

「ネレ、明日からまた忙しくなるぞ。みんなも、またエルルカ島に遊びに行けるようにしっかりと働こう！」

「そうだな、エイシャル。エルフって美人ばっかりで最高……」

「アイシスさん、最低発言は一人の時にしてくださらない？」

リリーがピシャリと言った。

そんなこんなで、みんなでの初めての旅行は無事に終わったのだった。

◇◇◇

次の日、俺は気持ちを切り替えてスケジュールボードをかけた。

みんなは仕事へ向かい、俺は久しぶりに裏山に登って岩場で採石をした。

『採石』レベル11は、一体何が採れるのだろうか？

つるはしで掘ると、七色に輝く石が採れた。

こ、これはまさか……!?

俺は急いで精錬する。

やはりこの石は、スキルを強化する事のできる唯一の石——ティラモンだ……！

これは軽く金貨五百枚にはなるだろう。

だが、ティラモンは五つしか採れなかった。

やはり、いくらスキルがあると言っても希少価値が高すぎると数は採れないようだ。

ティラモンはいったん売りに行かずに金庫に仕舞う事にした。

スキルを強化するならば、ギルドメンバーや自分自身に使った方が良いだろう、という判断だ。


採石を終えて屋敷に帰ると、ビビアンとクレオがリリアに乗って空を飛んでいた。

「ビビー、クレオー！　そろそろ、ワクワク子供部屋に入りなさい」

俺は空に向かって言い、自室の金庫に寄った後、敷地のパトロールに出かけた。

モンスター牧場では、ケールがお座りの練習をしていた。

「あっ、エイシャルさん！　苦戦してるっす」

マルクが苦笑いで言った。

ケールはマルクにじゃれついている。

「ケルベロスにお座りを教えるのは一苦労だろうね。でも、頑張ってな」

「はい！」

マルクはケールの三つある頭のうち、一つを撫でながらそう答えた。

牧場では、ルイスが小屋の中を掃《は》いていた。

「ルイス、頑張ってるな」

「……なぁんだ、エイシャルさんか」

俺が声をかけると、ルイスはかなりがっかりしたように言った。

もう二度と話しかけないぞ！　と思って、ぷんすかしながら、今度は果樹園と畑に足を向ける。

ちょうどラボルドとビッケルが水撒きをしていた。

労って「そろそろ上がって良いぞ」と言うと、二人は屋敷に入っていった。


その後、俺は露天風呂に入って一人で極楽を味わった。

そうこうしているうちにギルド組も帰ってきて、夕飯の時間に。

今日のメニューは豚バラとダイコンの煮物、豆苗とカニカマの炒め物、キャベツの塩昆布和えだ。

豚バラとダイコンの煮物は豚バラの旨みがダイコンにもよく染み込んでいて美味しかった。

そうして久しぶりに何もない普通の時間を過ごしたのだった。

◇　◇　◇

その日、ビビはリリアのブラッシングをしていた。

ももジュースを飲もうとリビングに行くと、シルビアが困っているようなのだ。

「どうしたのだ？」

「あぁ、ビビ。パエリアを作りたいからエビが必要なんだけど、護衛のギルド組が仕事に行ってるから買いに行けないのよ。困ったわぁ。休みの日に買いに行っておけばよかった……」

シルビアはそう言っていたのだ。


ビビはももジュースをのんで、リリアに水をあげに行ったのだ。

そこで、ビビは思いついた！

ビビとクレオでエビを買ってくるのだ！

クレオを探しに行こう。

ワクワク子供部屋に行くと、クレオは積み木をしていた。

「クレオ！　みんなにないしょでセントルルアにおつかいに行くのだ！」

「うーん、おこられないのか？」

「だいじょうぶなの！　シルビアが困っていたから助けるんだ！」

「わかった！」


ビビとクレオはリリアと空飛ぶ三輪車――ガオガオー号に乗って、セントルルアまで飛んでいた。

空は気持ち良いのだ！

「ビビ！　ところで何をかいに行くんだ？」

ガオガオー号をこぎながらクレオが尋ねた。

「えーと……エビって言ってたのだ！　パエ……なんとかを作るの！」

ビビはいっしょうけんめいせつめいした。

「うーん、エビだな！」

「エビなのだ！」


そうして、ビビ達はセントルルアについた。

「エビってどこに売ってるのだ？」

「うーん、エビ屋さんじゃないか？」

「そうか！　エビ屋さんをさがすのだ！」

ビビはクレオにそう言って、キョロキョロしながらエビ屋さんを探した。

けど、見つからないのだ……

その時、道にテーブルと椅子を出しているお婆さんが声をかけてきた。

「お嬢ちゃん、お坊ちゃん、お金があるなら占いはどうだい？　うっしっしっ」

「お金あるのだ！　占いってなんなのだ？」

「ビビ！　きっとあやしいおばあさんだぞ！」

クレオがビビの服を引っ張る。

お婆さんはにやにやしているのだ。

「おやおや、お坊ちゃん、お婆さんは怪しくないよ。ほら、この水晶に二人の未来が映るんだよ」

「みらいってなんだ!?」

「エイシャルが先の事だって言ってたのだ！」

ビビはクレオにおしえてあげる。

「そうなのか！　オレさま知りたいぞ！」

「知りたいのだ！」

ビビ達は占いというのをしてもらう事になった。

「タロット、手相、水晶を全部やると割引きがきくよ、お嬢ちゃん、お坊ちゃん。うっしっし」

よくわからなかったけど、それにしたのだ。

そしてお婆さんがぶつぶつ言い出した。

「うーん……お嬢ちゃんは将来二十歳で結婚して、子供を二人授かるよ」

「ほんとに⁉　凄い！」

「オレさまは？　オレさまは？」

「お坊ちゃんは大金持ちになると出てるね」

「おぉー！」

「さぁ、このミニ水晶いくらで買うかな？　これがあれば家族の未来もわかるんだよ。うっしっしっ」

ビビは銀貨を三枚わたして、その石をもらった。

あ……お金なくなっちゃったのだ……

「ビビ、ビビ、オレさま達何を買うんだったたっけ？」

クレオが首をひねりながらきいてくる。

「おぼえてないのだ……」

そして、お金もないのだ……

どうしよう？

おこられるのだ……！

そう思っていると、女の子の泣き声がした。

「ビビ、だれかが泣いてるぞ！」

「助けてあげるのだ！」

ビビ達は女の子に話しかけた。

「どうしたのだ？」

「きっとおなかすいてるんだぞ！」

クレオが言うと、女の子は首を振って言う。

「ぐすっ……パパとママがいないの……」

「ビビ達がさがしてあげるのだ！」

「ビビ、でも街は広いんだぞ……」

クレオがしんぱいそうに言った。

そういえばおなかすいて、足も痛いのだ……

「ビビ、かなしくなってきたのだ……エイシャル～！　うぇーーーーーん！」

「シルビア～！　エルメス～！　オレさまも足がいたいぞ！　うぇーーーーーーん！」

けっきょく三人で大泣きしはじめた。

だけどその声を聞きつけて、女の子のパパとママがやってきた。

「まぁまぁ、ありがとう、ビビアンちゃん、クレオくん」

お礼に銅貨五枚もらったのだ！

でも、心ぼそいのだ……

エイシャル達に会いたいのだ。

空もだいぶ暗くなっていた。

「ビビ、もうかえりたいぞ！」

「ビビも！」

そうして、ビビ達はリリアとガオガオー号でエイシャルのもとへかえった。


「あ！　エビ買ってないのだ！」

「わすれてたぞ！」

しょぼんとしながら家につくと、エイシャル達がビビとクレオを探していた。

「エイシャル〜！」

ビビはリリアの背中から手をふる。

「ビビアン！　クレオ！」

エイシャル達が下りてきたビビとクレオにかけよってくる。

「心配したんだぞ！　どこに行ってたんだ!?」

エイシャルはおこっているのだ。

「エビをかいに行ってたのだ……でも、かいわすれたのだ……」

ビビの瞳からはなみだがこぼれ落ちた。

心ぼそさでいっぱいだったのだ。

エイシャルはビビとクレオをだきしめた。

「ビビアン、クレオ、疲れたでしょう？　夕飯があるわよ」

シルビアがビビのなみだをふいてそう言った。

「でも、エビないよ……？」

「大丈夫よ、イカとチキンで作ったから。ほら、二人とも手を洗ってきて。それから、ジライアやサシャ達も心配してたから、謝っておくのよ？」

「ごめんなさいなのだ……」

「ごめんだぞ……」

そうして、ビビ達は手を洗ってカレーパエリアを食べたのだ。

パエリアはあったかくてとてもおいしかった。

もうおつかいはこりごりなのだ。

心からそう思ったビビなのだった。

◇　◇　◇

その日は休日だった。

みんな街にお出かけしたり好きな事をして過ごしたりと、朝からバタバタしていた。

特にする事もない俺――エイシャルは、久しぶりに魔法テレビのニュースを見ていた。

『「今日のニュース・トップ4！」のお時間です。では、4位から見ていきましょう！　四位、エルルカ島が観光地として大人気！　エルルカ島には、離島ならではの珍しい魚や動物がいます。特にレインボーフィッシュやレインボーバードは観光客の心をくすぐりますよね。エルルカ島のツリーハウスの宿屋も大人気です！　エルフやダークエルフ、ワーウルフ達もフレンドリーにあなたをお迎えしますよ！』

『三位、トランプ大会開催！　来月の頭にセントルルアの街でトランプ大会が開催されます！　種目はスピード、じじ抜き、大富豪、神経衰弱、七並べなどがあります。年齢制限もありませんので、小さなお子様もご参加いただけるそうです。ぜひ、トランプ大会にふるってご参加くださいませ！』

『二位、モンスターの出現止まらず！　街や平野の道にモンスターの出現が続いています！　なお、闇落ちパーティの攻撃も終わってはいません。牙狼団がパトロールを強化していますが、犠牲者は多くなるばかりです……嫌な世の中になったものですね……みなさん、くれぐれもお出かけの際はお気をつけて……！』

『一位、五国国王会談！　ガルディア、ローズフリー、サイネル、ビリティ、アモーレル国が会談を行う事に決まりました。なぜ二大陸にある国のうち、シャイド国だけが名前を連ねていないのかはわかりません。何かしらの理由があるのでしょうか⁉　この五国国王会談は、闇落ちパーティやモンスターの出現などの対策を講じるためだと考えられます！』

『さてさて、以上が「今日のニュース・トップ４」でした！　みなさんは気になるニュースがありましたか？　では、引き続き「お兄さんと一緒！」がありますので、チャンネルはそのままでお楽しみください！』

そこで、ビビアンとクレオがやってきて「お兄さんと一緒」を見ると言い出したので、俺はソファ席を二人に譲って、ダイニングに向かった。

やはり気になるのは、シャイド王が会談に参加しないという点だ。

一体シャイド王に何があったのだろうか？

謎は謎のままだった。

「どうしたの、エイシャル？　険《けわ》しい顔をして？」

シルビアがお昼ご飯を作りながら尋ねてきたので、俺は笑って首を横に振る。

「いやいや、なんでもないよ。今日のお昼は何かな？」

「今日は手抜きの海鮮カレーよ。エビとホタテが余ってたから入れたのよ」

「へぇー。美味しそうだな」

俺はお茶を注ぎながら、適当に話を合わせた。

留守番組で手抜きの海鮮カレーを食べた後は特に何も起こらず、その日も和やかに終わっていった。

明日から仕事を頑張らないと！

そう思ってスケジュールボードだけ用意し、眠りについた。

◇　◇　◇

翌朝、俺は気合いを入れて目を覚まし、スケジュールボードをかけた。

そうして、それぞれの仕事が始まった。

俺はクレオを連れてギルド部屋を訪れた。

やはり、最後の戦いに向けて訓練はしておいた方が良いだろう。

みんなは既に今日攻略するダンジョンについてミーティングを行っている。

「みんなー、俺とクレオも交ぜてくれ」

「わかった。そこの椅子に座って」

今日のギルド部屋の司会役のネレはそう言って、先を続ける。

「今日は二チーム。盗賊の森・ヌスットか、天空の塔。話し合ってどっちか決めて」

ネレの指示に従って、俺達はグーとパーで分かれる事に。

結局、俺とクレオは盗賊の森に行く事になった。

メンバーは俺、クレオ、アイシス、ネレ、フレイディアだ。

盗賊の森はローズフリー国にあるので、モグに乗って五人で向かった。


しばらく飛んで盗賊の森・ヌスットに到着した。

「良いかー！　みんなよく聞けよ。盗賊の森・ヌスットは盗みネコや盗ミミズ、隠しドリアードなどが出没する。全てのモンスターがアイテムを盗む事に長けているし、スピードが速いのが特徴だ。もちろん、今日貴重品を持ってきたおバカはいないと思うが……みんな貴重なアイテムは入り口に置いていってくれ」

アイシスの説明を聞いて、俺達は返事をした。


ダンジョンに入ると、早速盗みネコが現れた。

素早くアイシスの懐《ふところ》から何かを盗《と》ると、盗みネコはダッシュで逃げ去っていく。

「あぁ！　魔法映画館のチケットが……せっかくデートのＯＫもらったのに……」

「なんだよアイシス、大事なものは持ってくるなって言ってたじゃないか」

俺は呆れ返ってそう言った。

俺はほぼ手ぶらだ。

盗まれるものなど何一つない。

すると、今度はフレイディアから悲鳴が上がった。

『盗ミミズのやつに写真集盗られたわ。ちっ！　次に見つけたら、氷漬けにしてやる……』

フレイディアが静かにキレる。

だから、なんでそんなものを……

みんな貴重品を持ってくるからこうなるんだ。

俺は他人事《ひとごと》のようにそう思っていた。


しかし、次の戦闘が終わった直後、俺は気付く。

魔音死神剣がない……

うそだろ⁉

「エイシャル、剣は？」

ネレがいち早く気付いた。

「いや、さっきまでこう、握ってたのに……」

俺はそう言うが、もうあとの祭りだった。

「エイシャル、剣盗られたのかよ？　ダサ過ぎるだろ」

アイシスが自分の事を棚に上げて言った。

「うるせー！」

「エイシャル、オレさまもおかしがなくなったぞ！」

クレオが俺に訴えてきた。

「お菓子なんて持ってこなくて良いだろ。だから、盗られるんだぞ？」

俺がそう言っても説得力ゼロで、みんなはうつむきながら笑っている。

クソぉ……

でも、武器は持ってくるしかないじゃないか。

なんて面倒くさいダンジョンなんだ！

「あぁ、言ってなかったけど、アイテムは盗ったモンスターを倒すと取り返せるぜ！　頑張るぞ、みんな！」

アイシスが全員に向けて言った。

ダンジョンを制覇しに来たつもりが、なんでアイテム奪還に向けて燃えているんだ……

その後、なんとかアイテムを取り返し、これ以上盗られる前に帰ろうとした時、入り口に見慣れない戦闘服の兵士が二人いた。

「誰だ、アンタら？」

アイシスが声をかけると、二人は走って逃げていった。

なんだ……？

「あの戦闘服。たぶん、シャイド国の」

ネレがボソッと言う。

なぜシャイド国の兵士が盗賊の森・ヌスットに？

逃げていったという事は、なんらか後ろめたい事があるのか？

俺はそう考えたが、何せダンジョンでモンスターを追いかけ回して疲れていたので、とにかく辺境の屋敷に帰る事を優先した。

その日もみんなでワイワイと夕食を食べて、眠りについた。

◇　◇　◇

翌日、相変わらずスケジュールボードをかけ、一日を始める。

みんなはそれぞれの仕事へ向かった。

俺は久しぶりに刀鍛冶をしようと思っていたら、ビビがやってきた。

もしや……？

「お馬さんが来てるのだよ、エイシャル」

ビビは門を指差して言う。

「そっか……」

いつものパターンなだけに特に驚きはしない。

俺は戸口を開けて外に出た。

ガルディアの騎士長ラークさんが馬から降りて頭を下げた。

「ガルディア王の使いですか？」

「えぇ、また問題が起きたようで……」

「わかりました。明日行きますよ」

俺は嫌がる事もなくそう答えた。

もう悟りの境地だね、これは。

「ありがとうございます！　そう言っていただけると助かります！」

ラークさんはそうして帰っていった。

さてさて、今度はどんな問題が起きたのだろうか？

◇　◇　◇

翌日、俺はガルディア城まで馬を飛ばした。

顔パスで城に入り、ガルディア王の書斎に入った。

「おぉ、制王様！　よくぞお越しくださいました！」

ガルディア王がすすめてきた椅子に座りながら、俺は尋ねる。

「何かあったんですか？　最近は特に問題もないかと思っていたのですが……」

「いやいやいや！　国に問題がない事などありませんよ」

「では今回はどのような？」

さらに聞くと、ガルディア王は目を擦りながら言う。

「それが最近ですね、眠れないんです」

「はぁ？　不眠症の薬でも作れって事ですか？」

そんな事で人を呼びつけるなよ……と思っていたら、さすがに違うらしい。

「いえいえ、眠れないほどの問題がある、という前振りでして……」

ガルディア王は苦笑いしているが、さっさと本題に入ってほしい。

「前振りは良いので、早くその問題とやらを教えてください」

俺がキッパリとそう言うと、ガルディア王は真剣な面持ちになった。

「これは失礼しました。実は、セントルルアの復興や、牙狼団への援助などで財政が圧迫されているのです。それに王都周辺はそうでもないのですが、田舎の方の街ではまだ貧困にあえぐ者が多い。このまま経済状況が悪化すれば、暴動が起こるかもしれません。かと言って、貧困に苦しむ者に配るお金もないですし……」

「えーと……つまり、俺にガルディア王国の財政をなんとかしろ、と、そういう事ですか？」

確認するように尋ねると、ガルディア王は頷いた。

「えぇ、なんとか財政を潤わせ、貧困層にお金を給付したいのです」

俺はため息を吐いて言う。

「はぁ～。しかし、国家レベルの財政を立て直すなど、俺には……」

「そんな……！　私をお見捨てになるのですか⁉　このままではガルディアという国さえなくなってしまうかもしれませんよ⁉　制王様だってガルディア国民でしょう⁉」

ガルディア王が必死に訴えてくる。

「そんな大袈裟ですよ」

「いえ、王都周辺でもすでに影響は出始めています。この通りです！　なんとかしてください！」

再び息を吐いて、いつものように頭を下げるガルディア王に告げる。

「はぁ……わかりましたよ。その代わりあまり期待はしないでくださいね。俺にも限界というもの

があります から」
俺はそう言って、ガルディア王の書斎を出た。

辺境の屋敷に帰り着くと、俺はケル・コーヒーとビスケットを持って部屋にこもった。

国の財政かぁ……

まいったな、全然思いつかないや。

夕飯の時にみんなに相談してみるか。

そう思って少し仮眠をとった。


その日の夕飯は、ジャガイモと手羽先の甘辛煮、レンコンとシメジの塩きんぴら、アボカドチーズ、豆苗の味噌汁だった。

チーズ大好きでチーズアボカドばかりを食べるクレオの皿に、レンコンとシメジの塩きんぴらを盛ると、嫌そうな顔をされた。

そんな和やかな夕飯で、俺はガルディア王の頼みについて話してみた。

「実はさ、ガルディア王に国の財政を立て直してほしいと頼まれたんだよね。何か良い方法ないかな？」

「国の財政ぃ～？　そんなのエイシャルの仕事じゃないでしょうが」

サシャが怪訝な表情を浮かべて言った。

まぁ、そりゃそうなんだけど……

「まぁまぁ、エイシャル殿はガルディア王を助けたいのでしょう」

ビッケルがフォローしてくれたので、俺は苦笑しながら言う。

「うん、まぁ、俺達もガルディア国民じゃないか？　財政が破綻《はたん》したら困るしさ」

「うーん、でも財政って難しそうっす！　俺はモンスターの事しかわからないっすから……」

「いやいや、マルクはよくやってくれてるよ。何か意見ないかな？」

俺が再び尋ねると、サクが提案する。

「財政を立て直すという事でしたら、国中に馬車道を整備してはどうでしょうか？」

「うーん、交通を豊かにして、経済を回すって事？　でも、たぶんその馬車道整備の金すらないんだよ。国中っていうとそりゃ莫大な金がかかるだろ？」

そうしてみんなでうんうん唸っていると――

「あのぉ……」

ステイシーが控えめに手を挙げた。

「何か良い考えがあるのか、ステイシー？」

期待を込めて尋ねると、彼女はおずおずといった様子で話し出す。

「そもそもですが……牙狼団への援助が財政を圧迫しているのですよね？　では、それを打ち切るという決断も……」

「それは俺も考えたよ。だけど、牙狼団への援助を打ち切るという事は、闇落ちパーティやモンスターから街の人達を守るのを諦めるという事だからね。一国の王としてそれは避けたいんじゃないかなぁ？　でも、ありがとうステイシー」

「お金が足りないなら、金貨を大量に作ったらどうですの？」

リリーの意見を聞いたサクが呆れ気味に言う。

「あのね、リリーさん。それだと結局貨幣の価値が下がって、意味がないんですよ」

「あら、じゃあ他にどんな方法がありますの？」

リリーは少し怒っている。

「ビビ、わかったの！」

ビビアンが手を挙げる。

「あのな、ビビ、これは遊びじゃないんだぞ」

俺が注意すると、シルビアが言う。

「あら、ビビアンの意見を聞きたいわ」

「僕も聞きたいですね」

ルイスもビビアンの肩を持つ。

みんなの支持を得たビビアンは、胸を張って自信満々に意見を述べた。

「エイシャルがお金をあげるのだ！」

え……

俺がガルディア王にお金をあげる⁉

それは思いつかなかった。

確かに俺の貯金額は金貨千枚を超えている。

例えば、金貨五百枚をガルディア王に渡したとしても、特段困る事はない。

だが……

自分の懐《ふところ》はなるだけ痛めたくないのが本音だ。

「ビビアンの意見はもっともだけど、それは最終手段かなー？　でも、ありがとう、ビビ」

俺は適当に誤魔化して言った。

みんなの白い目が痛い……

なんとか、俺の財布を開かずに、ガルディア国の財政を立て直す方法はないものか？

そう思っていた時、ネレが言った。

「特産品を売るしかない」

「特産品ね……？　そうだなぁ。現実的な方法だよな」

俺も納得する。

しかし、急に特産品と言われても思いつくものはない。

「色んな意見を出してくれてありがとう。俺ももうちょっと考えてみるよ」

俺はそう言って自分の食器を片付けた。

特産品……

特産品かぁ……

しかしそれから、何も思いつかない日が続いた。

◇　◇　◇

ある日、エルメスがリリアともふもふしているビビアンを見て言った。

「リリアちゃんはやっぱり可愛いですです♡　エイシャルさん、リリアちゃんみたいに大人しければ家の中でもモンスターを飼えるんじゃないですです？」

「リリアの種族はミニミニミニドラゴンでちょっと特殊だからなぁ。そんなモンスター、中々いないんじゃないかな。そもそも、モンスターを家の中で……」

その時、俺は閃《ひらめ》いた。

「そっか！　サンキュー、エルメス！」

「？」

ポカンとするエルメス。

俺は彼女を置いて、モンスター牧場のマルクのところを訪れた。

「どうしたっすか？　エイシャルさん」

「実は……」

尋ねてくるマルクに、俺は説明した。

「なるほど、それは可能だと思うっす！」

そうして、その日のうちにガルディア城に向かった。


「おぉ、制王様！　ガルディアの財政を立て直す良い方法が⁉」

会って早々にガルディア王が迫ってくるので、俺は頷いてみせた。

「えぇ、思いついたんです。実はね、俺は『合成』というスキルを持っているんですよ」

「はぁ……何かものを合成して売るという事ですか？」

期待外れだという表情を浮かべたガルディア王に、俺は首を横に振って続ける。

「いえ、そうですが、そうじゃないんです。売るのはものじゃなくて、モンスターとペットをかけ合わせた、モンペットです！」

「モンペット⁉」

突拍子もないアイデアにガルディア王は驚いている。

「例えば、ドラゴンと犬をかけ合わせて、ドライヌ。ブラックウルフとウサギをかけ合わせて、ブラウルラビ。ペットとかけ合わせて性質を大人しくし、さらにうちの『調教師』マルクが調教する事で、ペットとして可愛いモンスターが完成するんです。これは人気出ますよ！」

「なるほど！　それは素晴らしいアイデアだ！」

ガルディア王は感心したようにそう言った。


計画を実行に移してすぐ、ガルディア城下町にモンペット店ができ、瞬く間に大人気となった。

各国からも買いに来る人が多く、売り上げは金貨五百枚をすぐに超えた。

こうしてガルディアの財政はなんとか危機を逃れたのだった。

◇◇◇

その日は久しぶりにダンジョンに行く事になった。

メンバーは、俺、ジライア、ダリア、サシャ、フレイディア、クレオ、ビビアンだ。

「だけど、どのダンジョンに行くんだ？　天空の塔は百階まで制覇したって言うし……」

俺がジライアに尋ねると、彼は暗い表情で答える。

「それが……大事なダンジョンをまだ攻略していないんですよ」

「？　大事なダンジョン？　なんで攻略しないいんだよ？」

「誰も行きたがらないんですよ。そのダンジョン」

ジライアはさらに表情を暗くして言った。

「なんで？」

「行けばわかりますよ」

俺の問いにジライアはそれだけ答えた。

わけがわからぬまま、俺達はそのダンジョンがあるというローズフリー国に向かった。


目的地に到着すると、そこは森だった。

なーんだ、盗賊の森とかと同じじゃんか。

俺はそう思ったが、そこで初めてジライアがダンジョン名を教えてくれた。

「ここは、お化けの森・シーントです。いいですか、どんなお化けが出てきても怖がらないでくださいね？　あ、相手はただのモンスターなんです！　い、今までと同じじゃないですか！」

ジライアが緊張しながらそう言うので、なんだか逆効果な気もするが、とりあえず俺達はその森に入った。

ふいに肩をトントンと叩かれたので、「なんだよ、ジライア？」と尋ねると、ジライアは前方におり、振り返って言った。

「は？　私は何もしてませんよ？」

「じゃ、誰が俺の肩を？」

俺は怖くなって振り返る事ができない。

その時、ビビアンが指差して叫ぶ。

「エイシャル！　女の人が後ろにいるのだ！」

「で、で、出たぁぁぁ！」

俺はビビッてしまって、お化けを倒すどころではない。

すると、ビビアンがプリティアに変身し、「プリティアレッド！」と唱えて俺の背後に魔法を放った。

お化けモンスターは炎に焼かれて消えていった。

「サンキュー、ビビアン！　強いなぁ……」

俺がお礼を言うと、ビビアンは今度はクレオの後ろを指差して言った。

「あ、次はクレオなのだ」

「ひぃぃぃぃぃぃい！」

クレオは気絶寸前である。

フレイディアが冷気でクレオの背後のお化けモンスターを仕留めた。

どうやら怖がっていないのは、フレイディアとビビアンだけのようだ。

俺達はお化けにビビりまくりながら、森を進んでいった。

その後もお化けは調子に乗って、髪の毛を引っ張ったり、「わっ！」と言いながら木の陰から現れたりした。

俺達はその度に怖がり、やっとの思いで、ボス戦のエリアにたどり着いた。

すると「うらめしや〜うらめしや〜」という声がどこからか聞こえてきた。

怖すぎるだろ！

俺は固まって動けなくなってしまう。

またもやビビアンが俺の背後を指した。

「ヒィィィィ！　ビビアン、何かいるのか⁉　た、助けてくれぇぇぇぇ！」

俺が腰を抜かしそうになりながら助けを求めると、ビビアンはため息を吐いた。

「エイシャルはなさけないのだ……」

ビビアンはそう呟いて、「プリティアイエロー！」と唱えた。

雷撃が俺の背後の何かを攻撃する。

すると、お化けは俺達の前方に移動したらしく、急に姿を現した。

といってもお化けなので、足はないし、体は透けている。

『お化けの森のボス、お石さんね』

フレイディアが冷静にそう言った。

お石さんは顔がただれており、凄い形相をしている。

ヒィィィィ！

あれと戦うのかよ⁉

俺は二、三歩下がった。

「エイシャルはぜんえいなのだ！」

ビビアンが注意してくるが、俺は怖くて前に出る事はできなかった。

結局、フレイディアとビビアンが戦う事になり、二人は巧みに連携を取りながら、お石さんを倒したのだった。

「い、いやぁ！　今日はみんな頑張りましたな！　はっはっはっ！」

ジライアがお石さんが倒されたのを見て、そう言った。

フレイディアとビビアンは呆れ顔である。

とにかく、こうして最難関の（？）のダンジョン——お化けの森・シーントを制覇した俺達は、帰り道もお化けを怖がりながら、辺境の敷地へ帰っていった。

◇　◇　◇

その日はなんでもない、いつも通りの日だった。

ただ小雨が降っている。
俺は朝一でスケジュールボードをかけた。
雨が降る中、それでもみんなそれぞれの仕事に向かった。
俺はハーブ園に足を運ぶと、スキルを発動させた。
『ハーブ作り』レベル6を試すのだ。
これは……⁉
ニョキニョキと新ハーブが生えてくる。
白の花びらが可愛らしい、カモミールだ！
カモミールかぁ……
微妙だなぁ。
だって、食べられないじゃん？
酒にもならないし。
そうは思ったものの、シルビア達家事組に持っていく。
「まぁ、カモミールね」
「カモミールティーができますわね！」
シルビアとリリーがハーブの入ったカゴを覗き込んでそう言った。
「でも、食えないだろ？」

俺が不満げな表情を浮かべると、リリーが言う。

「あら、カモミールの花びらはサラダに入れても彩りになりますし、美味しいですわよ」

そうなのか。

まぁ、あとは家事組に任せよう。


俺はその後、敷地パトロールに向かった。

いつもと順番を変えて、まずはワクワク子供部屋だ。

部屋に入ると、クレオとビビアンが野菜ジュースとクッキーを傍らに置き、クロスワードとパズルに励んでいた。

よしよし、頑張っているみたいだな。

俺は二人を褒める。

「二人とも頑張ってるな！」

「のだ～」

「だぞ！」

二人はクロスワードとパズルから目を外さずにそう答えた。

よほど、面白いらしい。

俺もちょっとやらせてもらおうかな？

俺はクレオとビビアンの間に座り、二人がやっているクロスワードとパズルを見る。

「ん？　ビビ、ここ間違ってるぞ。横がう○ちになるだろ？」

「ダメなの？」

ビビが言う。

うーん、う○ちなんて言葉をクロスワードの制作者が入れるだろうか？

「たぶん、違う言葉だよ。あっ、う○ちじゃなくてピンチじゃないかな？」

「それなのだ！」

ビビアンは消しゴムで消して書き直す。

クレオは順調なようだったので、俺は二人に「頑張れよ」と言って外に出た。

すると、雨が少し激しくなっていた。

こりゃあ、もう切り上げだな。

俺はルイスやマルク、ロードやシャオ、ビッケル、ラボルドに仕事を切り上げるように言うと、自分も屋敷に戻った。


みんな濡れていたので、お風呂場は大混雑した。

カッパを着たギルド組も帰ってきたので、なおさらだ。

風呂から上がると、夕食の時間。

今日の夕飯はカツレツと、カブと小松菜のバター醤油炒め、コンソメスープにミートスパゲッティだった。

カツレツは人気であっという間になくなってしまった。

俺まだ食べてないのに……

大家族だとこういう事がよくある。

なので、自分の取り分は死守しなければならないのだ。

「今日は雨で大変だったわ」

サシャがうんざりしたように言うと、ジライアが不思議そうに首を傾げた。

「ダンジョン・ガルディは地下だし、雨は関係ないだろう?」

「行きと帰りが大変だったの!」

「まぁまぁまぁ。みんなよく頑張ってくれたよ。そろそろ、ボーナス日だからな。みんな期待しててくれよ!」

俺の言葉を聞いたみんなから歓声が上がった。

何人かは、競馬代やらデート代やらに消えていくのだろうが……

そうして、束の間の自由時間になった。

俺はリビングでニュースを見て、明日の天気などを確認した。

いまだに闇落ちパーティやモンスターの被害はあるようだ。
ただ、天気は明日からは晴れるそうだ。
そして、相変わらずスケジュールボードだけは書いて眠りについた。
雨の音がシトシトと聞こえて、わりと心地よく眠れた。

第三章　エルルカ島を守れ！

その日はお待ちかねのボーナス日だった。

お財布も潤っていたので、みんなに金貨七枚ずつ（お子様は金貨一枚）を渡した。

みんなはこぞってお出かけして、また俺は屋敷に取り残されてしまった。

イチゴジュースを飲みながら、ニュースを見て独り言を言う俺。

か、悲しー！

そこへ、ヘスティアがやってきた。

『主人、退屈だぞ。何かせぬか？』

「おぉ、そうか！　そう言ってくれるのはヘスティアだけだよ！　よし、ボーナスでケル・カフェに行こう！」

俺は嬉しくなって、ヘスティアの分も奢るという条件で二人でケル・カフェへ向かった。

「おぉ、エイシャル！　今日もヘスティアさんと一緒か。あ、奥にゲオがいるぞ」

ケル・カフェにやってくると、オーナーのラーマさんが言う。

俺が来た時にすでにゲオがいるのは新しいパターンだな。

そう思いながら、ゲオの席に向かった。

「相席いいか？」

俺が声をかけると、ゲオが顔を上げた。

「あぁ、エイシャルか。久しぶりだな」

「そうだな」

俺達は軽く挨拶する。

『主人、ハンターバトルを取りに行ってくるぞ。俺はチーズケーキとコーヒーだ』

ヘスティアは俺にそう言って漫画コーナーに向かった。

「相変わらず仲間に甘いな。少し舐められてるんじゃないのか？」

ゲオにからかうように言われた。

図星なだけに動揺してしまう。

「そ、そんな事ねーよ！」

「エルルカ島に行ったんだってな」

そんな俺を無視して、ゲオが話を変えた。

「あ、あぁ、船まで用意してもらったからな。良いところだったよ。お前も行ったのか？」

「あぁ……牙狼のメンバーとな。立派な街になっていて驚いた」

「そうだな。そういえば、エルルカ島に行く途中、人魚の群れに襲われたよ。おかしいよな？　人魚は人魚島の海域にしかいないはずなのに……闇落ちパーティが放ったのかな？」

俺は腕を組んで考える。

「シャイド国が関係していると思われるが、バックにはサイコが絡んでいるようだ……」

「つまり、闇落ちパーティの仕業ではなく、シャイド国が何かをしてるって事か？」

確認するように尋ねると、ゲオはコーヒーに口をつけて頷いた。

「そうなるな」

「シャイド王はサイコに操られてるのか？」

「その可能性が高い。サイコは『血魔道士』だ。何かがきっかけで、シャイド王の血を操作する事ができるようになったのだろう。闇落ちしたパーティは戦闘力が増すだけでなく、かなり性質が凶暴化する。それがサイコの血魔法の怖いところさ。シャイド王が闇落ちしていれば、他国を攻撃し始める事も考えられる」

ゲオは言った。

それが、モンスターを放つ事なのか？

シャイド国の兵士が直接攻撃した方が早い気がするが……

「それから、これはまだ確定じゃないが……アンドラの作ったエルルカ島にサイコ軍が攻め込む可能性がある。サイコにとっては、アンドラは目の上のたんこぶだ。アンドラを慕う魔族も多いからな。それにアンドラは新魔王だと名乗っている。同じく魔王を自称するサイコも魔族を操る上で、アンドラが邪魔なのさ」

ゲオはそう言って、ため息を吐いた。

「となると、エルルカ島が次の戦闘の舞台になるかもしれない、というわけか？」

「その可能性は高い。大規模な戦闘になるだろうな」

ゲオが眉間に皺を寄せて答えた。

俺は懸念を口にする。

「しかし、エルルカ島で戦闘が起きてもすぐには向かえないぞ」

「俺の使い魔にサイコ軍の動向を監視させている。もしも、エルルカ島に攻め込む動きがあれば、エイシャル、お前にも早めに知らせるさ」

ゲオはそう言ってコーヒーを飲み干した。

「そうか。それは助かるよ。俺もエルルカ島は守りたいからな」

「まぁ、しかし、サイコの執念は恐ろしいものがあるな……人間全てを憎んでいるんだろう」

ゲオはやや呆れを含んだ声で言った。

「そりゃ、物置小屋に閉じ込められ、最後には魔族ばかりのルーファス大陸に捨てられたら、誰だって憎むだろう。サイコの半生を考えれば不思議じゃないと思うが？」

そう言うと、彼は僅かに悲しそうな表情を浮かべた。

俺は小首をかしげる。

「サイコがやつを捨てたザルジャス家を殺した時な……もちろん、サイコの父親も母親も惨殺《ざんさつ》されたんだが……」

「だが？　なんだよ」

先を促すと、ゲオはやりきれない表情で続ける。

「殺された母親のドレスのポケットには……サイコの幼い頃の似顔絵が入っていたらしい」

「そんな……」

「俺はサイコを倒す時に、それだけはやつに伝えようと思っている。それでもサイコの憎しみは止まらないかもしれないが……」

ゲオはそう言って席を立って、店を出ていった。

俺も複雑な心境だった。

恐らくサイコが欲しかったのは家族から愛される事。

今のゲオの話を聞いた時、サイコは何を思うのだろうか。

『主人、どうした？　難しい顔をしているぞ』

ヘスティアが漫画本から顔を上げて言った。

「いや、なんでもないよ。さぁ、それを読み終わったら帰るぞ」

『わかった。しばし待て』


その後、ヘスティアが読み終えた漫画本を元の場所に戻して、俺達は辺境の屋敷に帰ってきた。

屋敷では女性陣がファッションショーをやっており、男性陣はトランプ大会を開いていた。

こんな平和な日々を守るためにも、やはりサイコは倒さなくてはならない。

たとえ同情の余地があろうとも……

そうして、その日も日が暮れていった。

俺は翌日のスケジュールボードだけ書くと、色んな事に思いを巡らせながら眠りについたのだった。

◇◇◇

その日の朝、俺達は仕事を休みにして、魔法テレビの前に集まっていた。

『非常に大きい台風がアルガス大陸のガルディア王国付近に今夜接近する見込みです。ガルディアの国民の方々は厳重な備えをして、この台風を乗り切ってください。なお、避難場所としては……』

放送が終わり、みんなソワソワし出す。

「みんな、台風は今日の夜だから今からの備えが大切だ。各自、屋敷の補強などに取りかかってくれ。外にものを置かない事を徹底しよう。それから、食料をシルビアとステイシーとヘスティアで買いに行ってくれ。じゃ、みんな準備を始めよう！」

そうして、俺達は台風への備えに取りかかった。

色々とする事があるな。

刀鍛冶の蔵、細工所、魔道具の家などの雨戸を下ろして戸締まり、それから、ハーブ園とキノコ栽培所の片付けもしなくちゃならないし……

俺はとりあえず刀鍛冶の蔵に向かい、雨戸を下ろして、外に飾ってあった槍を仕舞い、厳重に入り口に鍵をかけた。

「わー！　台風なのだー！」

「タコさんあがるぞ！」

騒がしいなと思ってふと外を見ると、ビビアンとクレオが暴風の中、凧揚《たこあ》げをしていた。

俺は軽く目眩《めまい》がした。

「ビビ！　クレオ！　何やってるんだ！　これは遊びじゃないんだぞ！」

「エイシャルがおにになったのだー」

「エイシャルおにー！」

二人は凧揚げしながら、走って逃げていった。

「まぁまぁ、エイシャルさん、ビビちゃんとクレオ君の事は僕に任せてくださいよ」

サクがビビアンとクレオに何かを言い聞かせると、二人は素直に凧揚げをやめて、ワクワク子供部屋の片付けに向かった。

全く……

俺はミニミニミニドラゴンのリリアをリビングに入れて、ガオガオー号を玄関に置いた。

さてと、次はハーブ園とキノコ栽培所だな。

最初にハーブ園に足を向ける。

とりあえず、生えているハーブを収穫して、カゴに入れた。

次にキノコ栽培所。

ここにある丸太は片付けておいた方が良いだろう。

しかし、どこに片付けるか？

うーん、倉庫でも作っておくべきだったなぁ……

「キノコ栽培所の丸太を片付けるんでやすね？」

シャオが通りかかって尋ねてきた。

「そうだけど、どこに片付けようか？」

「裏山にいったん戻したら良いんじゃないでやすか？」

「そっか、それだ！　シャオ、手伝ってくれないか？」

俺は頼むが……

「すいやせん！　あっし他にも色々頼まれてて……」

シャオも忙しいようだ。

というわけで一人で丸太を裏山に持っていった。

俺は何往復かして、全ての丸太を裏山に持っていった。

さてと、あとは敷地の見回りでもするか。

モンスター牧場に行くと、モンスター達はみんな小屋に入っていた。

「マルクー、大丈夫か？」

「はい、準備は万全っす！　小屋が吹き飛ばされる事はたぶんないとは思うっすけど……」

俺の問いかけにマルクが答えた。

「モンスター小屋はシャオとロードが作ったから、強度は問題ないと思うぞ。まぁ、必要以上に心配しても仕方ない」

ルイスの牧場も問題なかったので、果樹園と畑へ。

野菜畑にはビニールハウスが急遽作られており、シャオが強化していた。

果樹園ではラボルドとウッドゴーレム達が暴風ネットを点検している。

水田や小麦畑は収穫を急ぎ、それ以外はもうどうしようもないようだ。

被害が少ないのを祈るしかない。

ギルド組もギルド部屋の戸締まりをして、屋敷に戻ってきた。

それから買い出しに行っていたシルビア、ステイシー、ヘスティアも帰ってきて、台風の事をあれやこれやと言いながら夕飯になった。

その日は早めの十七時頃の夕食で、鶏胸肉の酒蒸し焼き、野菜炒め、トマトと塩昆布の和え物、カボチャミルクスープだった。

カボチャのミルクスープは甘くて少し塩気があって美味しかったし、トマトと塩昆布の和え物は塩昆布の塩辛さがちょうど良い。

酒蒸し焼きも肉汁が良い味を出していた。

食べ終わった後、みんなでリビングに集まって魔法テレビで台風情報を見た。

「おっ、風がさっきよりも酷くなり始めたな！」

「台風ってワクワクするわよねぇ」

アイシスとダリアはなぜか嬉しそうに言う。

楽しんでいるのだろうか。

「ビビ、今日はリリアといっしょにねるのだ！」

いつもリリアは庭に放し飼いなので、ビビアンは彼女が屋敷にいる事が嬉しいようだ。

リリアをもふもふしている。

もふもふ……

羨ましい……

そんなこんなでみんな台風を楽しんでいたが、二十一時頃に魔法テレビが台風の影響で映らなくなった。

俺達は解散してそれぞれの部屋で過ごす事にした。

被害が出なきゃ良いけどなぁ。

風、結構吹いてるなぁ。

暴風の中だと、うるさくて眠れないと思っていたが、いつの間にか寝てしまっていた。

◇　◇　◇

翌朝――

台風が通り過ぎたので、俺達は敷地の後片付けをする事にした。

畑のビニールハウスも無事だったし、果樹園の果物もそんなに落ちてはいなかった。

みんな一安心して、落ち葉やゴミを片付けた。

こうして、いつもの日々が戻ってきた。

俺はスケジュールボードをかけると、みんなそれぞれの仕事に向かう準備に入った。

すると……

ビビアンが俺の洋服の裾を引っ張った。

「どうしたんだ、ビビ？　朝ごはんの残りなら、もうないぞ？」

「ちがうの！　ハトさんが木にとまってるのだ！」

ハトさん？

鳩さんの事か？

「へぇ……しかし、鳩が来るなんて珍しいな」

「あしに何かつけてるのだ」

ビビアンは指さしながら言った。

それを見た俺は急いで外に出た。

すると、木にとまっていた鳩は俺の腕に乗った。

鳩の脚には確かに手紙がくくりつけてある。

俺はその手紙を取って読んだ。

『サイコ軍がエルルカ島に向かって動き出した。俺は牙狼団を率いてエルルカ島の救援に向かう。エイシャル、お前を待っている』


俺は急いで屋敷に戻り、みんなをリビングに集めた。

「サイコ軍が動き出したそうだ……！　これが最後の戦いになるかもしれない。サイコ軍はエルルカ島に攻め入るようだ。みんな、エルルカ島を助けよう！　力を貸してくれ！」

俺が叫ぶように言うと――

「もちろんだろ！　美女エルフを助け……じゃない！　エルルカ島の魔族を助けるんだ！」

アイシスが誤魔化しながら拳を握る。

「助ける！」

ネレも力強く言った。

「サイコは倒さなくちゃっ！」

ニーナも同意する。

「エイシャル殿、我々も微力ながら加勢しますぞ！」

ビッケルがガッツポーズを見せる。

「心強いよ……でも、家事組と敷地組は……」

「あら、エイシャルさん。怪我人の救護は誰がしますの？」

「そうよ、私達に任せてちょうだい！」

リリーとシルビアが言った。

「ビビも行くのだ！　お友達を助けるのー！」

「オレさまだって！　また、おかしこうかんするってやくそくしたぞ！」

ビビアンとクレオもふんすと気合いが入っている。

「でも、ビビとクレオは……」

「エイシャル様、ビビちゃんとクレオは俺が守りますから。連れていきましょう！」

「後方から支援するから大丈夫ですです！」

ジライアとエルメスが頼もしい言葉をくれた。

「そうか……わかった。じゃあ、みんな良く聞いてくれ。エルルカ島は結構遠い。ギルド組と俺はヘスティアとフレイディアに分かれて乗って飛んでいく。家事組はモグに、敷地組はウォルルに乗ってきてくれ。みんなでエルルカ島を助けよう。サイコの思い通りにさせてはいけない！」

そう言うと、みんなはそれぞれ武装して準備を始めた。

俺も魔音死神剣を腰に差し、手持ちの中でも最上級のアーマーを着た。

さぁ、出発だ！


俺達はそれぞれドラゴンに乗り、エルルカ島へ向かった。

三時間ほどでエルルカ島に到着した時、まだ、島は穏やかな様子に見えた。

島の中心部の街エルルに降りると、ゲオ達牙狼団が武器を大量に運んでいた。

「ゲオ！」

俺は呼びかける。

「あぁ、来たか、エイシャル……あと、二時間ほどでサイコ軍がやってくるぞ」

「そうか……アンドラは？」

「魔王城の中だ。俺も行く。三人で話し合いが必要だ」

ゲオはそう言って魔王城へ歩き出したので、俺もみんなに事情を説明してついていった。

木とコンクリートを合わせて作ったような見た目の魔王城に到着すると、俺達はすぐに魔王の間に通された。

「エイシャルさん、ゲオさん、ありがとうございます。心強いです。このテーブルの上にエルルカ島の地図があります。お二人ともこちらへ」

アンドラに言われた通り、俺とゲオはテーブルに向かった。

エルルカ島は円状の島なので、地図には大きな丸が描かれており、その中に街の名前が書いてある。

「基本的にエルルカ島は島なので、どこの方向からでも上陸が可能です。ただ、船で来るとなると……恐らく、この三箇所が危ないと思います」

アンドラは地図上を指し、説明する。

「続けてくれ」

ゲオが先を促す。

「はい。一つ目はエスナ。エイシャルさんやゲオさんが船で来られた時に使用した港です。二つ目は、砂浜エドル。ここも船をつけようと思えばできると思います。ただ、砂浜なので足場は悪いですが……三つ目は、海辺の街エリナ。ここも漁業が盛んですから、船で上陸可能だし、街を攻撃する事もできますね」

アンドラの説明を聞いて、俺は尋ねる。

「という事は、ここエルルは安全という事か？」

ビビアンやクレオ、家事組や敷地組にはできるだけ安全な場所にいてほしい。

「いいえ、エルルにもサイコ軍は侵攻してくる可能性があります。安全と言えば、ここから南東に向かったところにある、小さな村エルゼでしょう。ここには特に何もありませんし、非戦闘員はエルゼに避難してもらっています」

「うちからも非戦闘員が怪我人の手当てなんかにやってきてるんだ。エルゼに避難させて良いかな？」

アンドラは快く頷いた。

「えぇ、もちろんです。エルゼへの馬車を出してますから、それに乗ってもらってください」

そこでゲオが口を開いた。

「三箇所攻め込まれる危険性があるとして、俺達はどこを守れば良いんだ？」

「それなんですが……俺はエルルからは離れられませんので、牙狼団を二つに分割してもらって、港と砂浜を。エイシャルさん達には海辺の街エリナを守ってもらおうと思っています」

「了解だ。じゃあ、副リーダーのシンシアに砂浜を任せて、俺は港を守る」

ゲオに続いて、俺も頷いて言う。

「俺達はエリナを守れば良いんだな」

「はい、お願いします。あと、これを持っていってください」

アンドラはテーブルの引き出しから魔法銃を取り出した。

「魔法銃か？　何に使うんだ？」

ゲオが尋ねた。

「青、赤、黄の弾薬があります。青は魔王軍を退けた時、黄はやや危険な時、赤は危険な時に空に向かって撃ってください。それを見て、援軍を行かせたり、余力があれば他のところに回ってもらったりします」

アンドラは説明して、俺達にその魔法銃と弾薬を渡した。


俺とゲオは魔王城から出て、非戦闘員を小さな村エルゼに送る事に。

怪我人などもエルゼに送られるようだ。

回復系のスキルを持つワーラビットなどが控えているらしい。

俺は大量のポーションが入ったアイテムバッグをシルビアに渡した。

「エイシャル……無事に帰ってきてね？」

シルビアが心配そうな表情を浮かべているので、俺は笑って答える。

「あぁ、約束するよ」


その後、シルビア達をエルゼに残して、俺達はいったんエルルに戻った。

ギルド組とどう戦うかを話し合っていた時、エルルに警報が鳴った。

『サイコ軍の船が見えました。合わせて約五十隻がこのエルルカ島に接近しています。各自持ち場についてください。繰り返します……』

「よし、みんな、エリナを……エルルカ島を守るぞ！」

俺達はヘスティアとフレイディアに乗り、エリナへ直行する。

エルルカ島の鳥達が戦いの気配を感じて、飛び去っていくのが見えた。

エリナには、エルルカ島の戦闘員のエルフ族が剣や大槍を構えて、海辺に立っていた。

「制王組だ。エルフ族に加勢する」

俺はそう言いながら、フレイディアの背中から飛び降りた。

「エルフ族の長《おさ》フェリクだ。アンドラ様から話は聞いている。制王様とともに戦える事を誇りに思う。力を合わせてこの美しい島を守ろう」

一人の青年が俺に右手を差し出した。

握手したところで、後ろのツリーハウスが爆音を立てて燃え始めた。

「来たぞ！　ヘスティア、フレイディアはそのまま竜化した状態で、相手の船を沈めてくれ！」

俺はヘスティアとフレイディアに指示を出した。

二頭の竜は頷いて海に飛び出す。

「ウォルルはツリーハウスの鎮火を！　モグ！　俺を乗せて飛ぶんだ！　ギルド組、地上は任せたぞ！」

俺はモグに乗って上空に舞い上がった。

フレイディアの氷と、ヘスティアの炎で船は次々と沈められていくが、沈む直前の船からドラゴン族が竜化して空に舞い上がった。

俺は一体のサンダードラゴンと対峙する。

モグが先制攻撃をかけ、土の塊をサンダードラゴンにぶつける。

サンダードラゴンはよろけたが、今度はこちらの番とばかりに雷撃を飛ばしてきた。

モグはアースウォールで雷を完全に防ぐと、サンダードラゴンに体当たりする。接触の瞬間、俺はサンダードラゴンに飛び移り、魔音死神剣を突き刺した。

サンダードラゴンは暴れて俺を振り落とす。

落下しながらも冷静に口笛を吹き、俺は無事モグに拾われた。

モグがサンダードラゴンにもう一度土の塊を当て、やっとサンダードラゴンは地に落ちていった。

「モグ、地上のサイコ軍のモンスターを片付けるぞ！」

俺はそう言って、モグの背中から地上に降りた。

エルフ族の弓隊が矢を放ち、進軍してくるサイコ軍の足止めをしていた。

しかし、サイコ軍のモンスター達は血魔法で強化されており、痛覚がないのかと思うほど、平気な様子で前進してくる。

「モグ、アースクエイクを！」

俺は隣にいるモグに指示する。

モグは大規模な魔法——アースクエイクを発動した。

サイコ軍のモンスター達がアースクエイクとエルフの矢で少しずつ崩壊していく。

「アイシス、ネレ、サシャ、サク、ダリア、フレイディア、ヘスティア！　敵をここで止めるんだ！　全力でかかれ！　多少建物を壊してもいい！　信じてるぞ、みんな！」

そして、敵のダークウルフやダークタイガー、ダークユニコーンとの乱戦が始まった。

アイシスは金獅子刀《きんじしとう》と三叉《さんさ》の槍ロロアを巧みに操り、半径一キロの範囲に大ダメージを与えている。

ツリーハウスも壊れているが、そこは目をつぶろう。

ほとんどの非戦闘員は避難しているはずだ。

俺も魔音死神剣でサイコ軍のモンスターを一網打尽《いちもうだじん》にする。

戦場では、火の粉が舞い、巨大なツリーハウスが倒れ始めていた。

色々なものが落ちてくるのを避けなければならない。

俺達は持ち前の反射神経でそれらを避けながら、さらにサイコ軍に攻撃した。

フレイディアとヘスティアはやはり強く、苦戦するどころか大暴れできて少しだけ嬉しそうだ。

「フレイディアは、そろそろウォルルを連れて街の火の鎮火に回ってくれ！　ヘスティア、サイコ軍を燃やし尽くせ！」

俺は二人に指示しながら、戦地を駆け回った。

だいぶサイコ軍の勢いが衰えてきているようだ。

俺は一安心した。


それから三十分後――

俺は青の弾薬を使い、魔法銃を高らかに鳴らした。

港の方角からも砂浜の方角からも青の魔法弾が上がっていた。

ゲオもシンシアも上手くやったか……！

そう思ったその時、エルルの方角から赤の魔法弾が二発上がった。

「制王様、ここはもう我々エルフ族だけで大丈夫だ！　我らがアンドラ様を助けてくれ！」

エルフ族の長フェリクが叫んだ。

俺は力強く頷き、ヘスティアに乗ってエルルに向かった。

しかし、そこには惨状があった。

ツリーハウスの七割ほどが燃えさかり、魔王城もファイアドラゴンの攻撃により崩壊しようとしていた。

三十四ほどのワイバーンがエルルの空を旋回《せんかい》している。

これはやばいぞ……

アンドラは？

無事なのか⁉

「エイシャル！」

風竜に乗ってきたゲオが俺を呼んだ。

「ゲオか！　エルルがやばいぞ！」

俺は叫ぶと、ゲオはわかっているというふうに頷く。

「まずは、ワイバーンとファイアドラゴンを叩き落とすぞ！　エイシャルは魔王城近くのファイアドラゴン二匹を倒してくれ！　俺とアンドラ軍のドラゴン族でワイバーンを片付ける！」

「わかった！　フレイディア、ヘスティア！　もう一仕事だ！　いけるか？」

『仕方ないわね……』

『多少疲れたが、やるしかないな』

フレイディアとヘスティアはもう一度竜化し、空に舞い上がった。

俺はヘスティアが飛び立つ直前にその背中に飛び乗る。

ヘスティアは溶岩竜だ。

ファイアドラゴンとの相性はどうなのか……？

フレイディアは恐らく優位なはずだ。

「ヘスティア、ファイアドラゴンに勝てるか⁉」

『ふん、当たり前だ。溶岩が炎ごときに負けるはずがないわ！　骨まで溶かしてくれる！』

心強い答えが返ってきた。

俺はファイアドラゴンの後方につき、ヘスティアに攻撃の合図を出した。

ヘスティアは巨大なマグマボルトをファイアドラゴンに放つ。

『ギャヒィィー！』

効いているようだ。

だが、ファイアドラゴンはこちらに向き直り、これまた大きなファイアボールを放ってきた。

ヘスティアが首を持ち上げ口に魔力を溜め、頭を振り下ろすと同時に口からマグマを吐いてファイアボールを相殺《そうさい》する。

俺もヘスティアの背中から、即死効果のある死神を召喚し、放った。

ファイアドラゴンは巨体を傾かせて、地に落ちていった。

その後しばらくして、空のファイアドラゴンとワイバーンはみんなの力で全て排除した。

犠牲者が出ていなければ良いが……

地上に降りると、味方はみんなボロボロになっていたが、なんとかここエルルの地でも勝利したようだった。

「エイシャルさん！」

他の人々と同じくボロボロになったアンドラが現れた。

「アンドラ！　無事だったか」

「向こうで戦っていたんですよ」

俺とアンドラは互いに状況を報告し合った。


そうして、サイコ軍との戦いは終わろうとしていた。

空に三発の青の弾が上がり、アンドラ軍がサイコ軍を倒した事をみなに知らせた。

「しかし、サイコは現れなかったようだな……」

ゲオが竜から降りて俺とアンドラのところにやってきて言った。

確かに、これだけサイコ軍が攻めてきたのに、サイコの姿はなかった。

疑問も山ほどあるが、ひとまず俺はエルルをアンドラとゲオに任せて、屋敷のみんなを置いてきた村エルゼに向かった。

家事組、敷地組、お子様組が怪我人の治療をしているはずだ。


エルゼでは建物の崩壊こそなかったものの、怪我人が溢れていた。

シルビア達がポーションをかけたり、包帯を交換したりと忙しそうに動いている。

俺はギルド組と一緒にシルビア達のもとに向かい、お互いの無事を喜び合った。

「ビビ！　クレオ！　よく頑張ったな。えらいぞ」

俺はビビアンとクレオの頭を撫でてそう言った。

「わるいやつはいないのだ？」

「あぁ、俺達でやっつけてやったぜ！」

ビビアンの問いにはアイシスが答えた。

「良かったのだ！　また、エルフとあそべるかなぁ？」

ビビアンが少しほっとしたように言った。

「遊べるさ。とりあえず、三、四日エルルカ島で怪我人の治療や街の後片付けを手伝って、そのあと船で辺境の屋敷に帰ろう。みんな、ご苦労様。本当によくやってくれたよ」

俺はみんなを労った。

サイコは現れなかったものの、サイコ軍のほとんどと思われる軍隊を倒したという事は、やつの力は弱まっているはずだ。
だが、まだ何か引っかかる。
こちらは準備した戦力を使い切っていないのだ。
サイコもこれで終わるとは思えない。
ただ、とりあえず一段落かな？
俺は大きく息を吐いて、大空を見上げた。
空には俺達の勝利を称えるように大きな虹がかかっていた。

The Record by an Old Guy in the World of Virtual Reality Massively Multiplayer Online
とあるおっさんのVRMMO活動記
1～27
椎名ほわほわ
Shiina Howahowa
アルファポリス
第6回
ファンタジー
小説大賞
読者賞受賞作!!
累計150万部突破の大人気作
(電子含む)
TVアニメ
2023年10月放送開始！
CV
アース：石川界人
田中大地：浪川大輔
フェアリークィーン：上田麗奈
ツヴァイ：畠中祐 ／ ミリー：岡咲美保
監督:中澤勇一 アニメーション制作:MAHO FILM
超自由度を誇る新型VRMMO「ワンモア・フリーライフ・オンライン」の世界にログインした、フツーのゲーム好き会社員・田中大地。モンスター退治に全力で挑むもよし、気ままに冒険するもよしのその世界で彼が選んだのは、使えないと評判のスキルを究める地味プレイだった！——冴えないおっさん、VRMMOファンタジーで今日も我が道を行く！
とあるおっさんのVRMMO活動記
椎名ほわほわ
現実じゃ冴えない会社員 でもVRMMOの中では
名うてのスキル職人!?
ネットで人気爆発!
第6回アルファポリスファンタジー小説大賞読者賞受賞作、待望の書籍化!
●各定価：1320円（10%税込）
●illustration：ヤマーダ
1～27巻好評発売中!!
とあるおっさんのVRMMO活動記
1
現実じゃ冴えないおっさんが
料理生産から冒険まで
VRMMOで大活躍!!
大人気ファンタジー待望のコミカライズ!!
漫画：六堂秀哉
●各定価：748円（10%税込）●B6判
コミックス1～10巻好評発売中!!

辺境伯家次男は
転生チートライフを
楽しみたい
辺境伯家次男のやりすぎ異世界ファンタジー！
著 ベルピー
【創生神の加護】でもりもり成長して、
のびのび
異世界暮らし！
友達はもふもふ
家族から溺愛
ひょんなことから異世界に転生した光也。辺境伯家の次男、クリフ・ボールドとして生を受けると、あこがれの異世界生活を思いっきり楽しむため、神様にもらったチートスキルを駆使してテンプレ的展開を喜々としてこなしていく。ついに「神童」と呼ばれるほどのステータスを手に入れ、規格外の成績で入学を果たした高校では、個性豊かなクラスメイトと学校生活満喫の予感……!?　はたしてクリフは、理想の異世界生活を手に入れられるのか——!?
●定価：1320円（10%税込）　●ISBN 978-4-434-32482-6　●illustration：Akaike

1×∞《ワンバイエイト》
経験値1でレベルアップする俺は、
最速で異世界最強になりました！
1～2
著 マツヤマユタカ
Yutaka Matsuyama
異世界生活《アウトドア》
満喫中!!

1×∞《ワンバイエイト》 経験値1でレベルアップする俺は、最速で異世界最強になりました！
2
マツヤマユタカ
逃走中でも、異世界ライフを満喫しま～す！
コミカライズ企画進行中！

著 水都 蓮
Minato Ren
トカゲを（本当は神竜）召喚した聖獣使い、竜の背中で開拓ライフ
～無能と言われ追放されたので、空の上に建国します～
1·2
祖国を追い出された聖獣使い、
巨竜の背で自由に生きる!!
竜大陸から送る、
爽快天空ファンタジー！
聖獣を召喚するはずの儀式でちっちゃなトカゲを喚び出してしまった青年、レヴィン。激怒した王様に国を追放された彼がトカゲに導かれ出会ったのは、大陸を背負う超でっかい竜だった!?　どうやらこのトカゲの正体は真っ白な神竜で、竜の背の大陸は彼女の祖国らしい。レヴィンは神竜の頼みですっかり荒れ果てた竜大陸を開拓し、神竜族の都を復興させることに。未知の魔導具で夢のマイホームを建てたり、キュートな聖獣たちに癒されたり――地上と空を自由に駆け、レヴィンの爽快天上ライフが始まる!
◎各定価：1320円（10%税込）　◎Illustration：saraki
神竜の力で
古代都市が
海底リゾートに!?
コミカライズ企画進行中!!!

異世界に射出された俺、『大地の力』で快適森暮らし始めます!
著 らもえ
『大地の力』で何でもサクサク創造しちゃいます!
理不尽に飛ばされた異世界で……
愉快な人外たちと
悠々自適な
DIYライフ!!
神を自称する男に異世界へ射出された俺、杉浦耕平。もらったスキルは『異言語理解』と『簡易鑑定』だけ。だが、そんな状況を見かねたお地蔵様から、『大地の力』というレアスキルを追加で授かることに。木や石から快適なマイホームを作ったり、強力なゴーレムを作って仲間にしたりと異世界でのサバイバルは思っていたより順調!? 次第に増えていく愉快な人外たちと一緒に、俺は森で異世界ライフを謳歌するぞ!
◎定価:1320円(10%税込) ◎ISBN 978-4-434-32310-2 ◎illustration:コダケ

著 水都 蓮
Minato Ren
トカゲ（本当は神竜）を召喚した聖獣使い、竜の背中で開拓ライフ 1・2
～無能と言われ追放されたので、空の上に建国します～
祖国を追い出された聖獣使い、
巨竜の背で自由に生きる!!
竜大陸から送る、
爽快天空ファンタジー！
聖獣を召喚するはずの儀式でちっちゃなトカゲを喚び出してしまった青年、レヴィン。激怒した王様に国を追放された彼がトカゲに導かれ出会ったのは、大陸を背負う超でっかい竜だった!?　どうやらこのトカゲの正体は真っ白な神竜で、竜の背の大陸は彼女の祖国らしい。レヴィンは神竜の頼みですっかり荒れ果てた竜大陸を開拓し、神竜族の都を復興させることに。未知の魔導具で夢のマイホームを建てたり、キュートな聖獣たちに癒されたり——地上と空を自由に駆け、レヴィンの爽快天上ライフが始まる!
◎各定価：1320円（10%税込）　◎Illustration：saraki
神竜の力で
古代都市が
海底リゾートに!?
コミカライズ企画進行中!!!

引退冒険者は従魔と共に乗合馬車始めました
著 アマゴリオ Amagorio
イカした魔獣の乗合馬車で
無限に自由な異世界旅！
人あったかい！
景色すごい！
野営メシうまい！
おっさんになり、冒険者引退を考えていたバン。彼は偶然出会った魔物スレイプニルの仔馬に情が湧き、ニールと名付けて育てていくことに。すさまじい食欲を持つニールの食費を稼ぐため、バンはニールと乗合馬車業を始める。一緒に各地を旅するうちに、バンは様々な出会いと別れを経験することになり——!?　旅先の食材で野営メシを楽しんだり、絶景を眺めたり、出会いと別れに涙したり。頼れる相棒と第二の人生を歩み始めたおっさんの人情溢れる旅ファンタジー、開幕！
●定価：1320円（10%税込）　●ISBN 978-4-434-32312-6　●illustration：とねがわ

この作品に対する皆様のご意見・ご感想をお待ちしております。
おハガキ・お手紙は以下の宛先にお送りください。

【宛先】
〒150-6008 東京都渋谷区恵比寿 4-20-3 恵比寿ｶﾞｰﾃﾞﾝﾌﾟﾚｲｽﾀﾜｰ 8F
（株）アルファポリス　書籍感想係

メールフォームでのご意見・ご感想は右のＱＲコードから、
あるいは以下のワードで検索をかけてください。

アルファポリス　書籍の感想　検索

ご感想はこちらから

本書は Web サイト「アルファポリス」（https://www.alphapolis.co.jp/）に投稿されたものを、改稿・加筆のうえ、書籍化したものです。

最強《さいきょう》の生産王《せいさんおう》は何《なに》がなんでもほのぼのしたいっっっ！4

Erily（えりりー）

2023年 8月31日初版発行

編集ー今井太一・宮田可南子
編集長ー太田鉄平
発行者ー梶本雄介
発行所ー株式会社アルファポリス
〒150-6008 東京都渋谷区恵比寿4-20-3 恵比寿ｶﾞｰﾃﾞﾝﾌﾟﾚｲｽﾀﾜｰ8F
TEL 03-6277-1601（営業）　03-6277-1602（編集）
URL https://www.alphapolis.co.jp/
発売元ー株式会社星雲社（共同出版社・流通責任出版社）
〒112-0005 東京都文京区水道1-3-30
TEL 03-3868-3275
装丁・本文イラストーくろでこ
装丁デザインーAFTERGLOW
印刷ー中央精版印刷株式会社

価格はカバーに表示されてあります。
落丁乱丁の場合はアルファポリスまでご連絡ください。
送料は小社負担でお取り替えします。

ISBN978-4-434-32489-5　C0093